नीली फ़िएट कार

पाट्रिक मोदियानो

अनुवाद

मोनिका सिंह

राजपाल

PAP TAGORE

"The Work is published with the support of the Publication Assistance Programmes of the Institut Français"

स्थापित 1912
100 वर्षों की
श्रेष्ठ प्रकाशन परम्परा
राजपाल

₹ 175

ISBN : 9789389373523

पहला संस्करण : 2020

NEELI FIAT CAR (Novel) by Patrick Modiano

(Hindi edition of *Accident Nocturne*)

मुद्रक : जी.एच. प्रिन्ट्स प्रा.लि., नयी दिल्ली

राजपाल एण्ड सन्ज़

1590, मदरसा रोड, कश्मीरी गेट, दिल्ली-110006

फोन : 011-23869812, 23865483, 23867791

e-mail : sales@rajpalpublishing.com

www.rajpalpublishing.com

www.facebook.com/rajpalandsons

नीली फ़िएट कार

एक अरसा पहले की बात है, उस समय मैं बालिग होने के कगार पर था। उस रोज़, देर रात, मैं पिरामिड चौक पार कर रहा था, ला कौंकौर्द की दिशा में, उसी समय एक गाड़ी अंधेरे में से प्रकट हो गई। पहले मुझे लगा कि वह मुझको बस हल्के से छू गई थी, लेकिन फिर एड़ी से घुटने तक बहुत तेज़ दर्द महसूस हुआ। मैं फ़ुटपाथ पर गिर पड़ा था। मगर मैं दोबारा उठकर खड़ा होने में कामयाब हो गया। गाड़ी झटके से मुड़ी थी और चूर-चूर होकर टूटते काँच के शोर में, चौक के मेहराबों में से एक से जा टकराई थी। गाड़ी का दरवाज़ा खुला और लड़खड़ाते हुए एक स्त्री उसमें से बाहर निकली। मेहराबों के नीचे, होटल की दहलीज़ पर कोई था, जिसने हमें हॉल तक का रास्ता दिखाया। एक लाल चमड़े के सोफ़े पर हम लोग इंतज़ार कर रहे थे, वह स्त्री और मैं। जबकि वह रिसेप्शन के काउंटर से फ़ोन कर रहा था। उसे पूरे गाल और माथे पर चोट लगी थी और उसका खून बह रहा था। काले, बहुत छोटे बालों वाला एक लम्बा-तगड़ा आदमी हॉल में घुसा और हमारी तरफ़ चल कर आया।

बाहर, उन लोगों ने गाड़ी को घेर रखा था जिसके दरवाज़े खुले हुए थे और उनमें से एक कुछ लिखता जा रहा था जैसे किसी पुलिस रिपोर्ट के लिए लिखा जाता हो। जिस समय हम लोग सुरक्षा पुलिस वैन में चढ़ रहे थे, मुझे एहसास हुआ कि तब मेरे बाएँ पाँव में जूता नहीं था। वह स्त्री और मैं, हम लोग लकड़ी की बेंच पर, अगल-बगल बैठे हुए थे। काले बालों वाला तगड़ा आदमी हमारे सामने वाली बेंच पर विराजमान था। वह सिगरेट पी रहा था और थोड़ी-थोड़ी देर पर हम पर एक सर्द निगाह डाल रहा था। लोहे की छड़ों वाली खिड़की से मैंने देखा कि हम लोग त्यूलरी के घाट से गुज़र रहे थे। उन्होंने मुझे

अपना जूता ढूँढने का वक्त नहीं दिया था और मैंने सोचा कि वह वहीं पर रहेगा, सारी रात, फ़ुटपाथ के बीचोंबीच। अब मुझे ठीक से यह भी पता नहीं था कि जिसे मैंने अभी तज दिया था, वह जूता था या एक जानवर, मेरे बचपन का वह कुत्ता जिसे एक गाड़ी ने कुचल दिया था, जब मैं पेरिस के आस-पास कहीं रहता था, किसी डॉक्टर कूरज़ेन्न मार्ग पर। सब कुछ मेरे ज़हन में उमड़-घुमड़ रहा था। गिरते हुए शायद मेरी खोपड़ी में चोट लगी थी। मैं स्त्री की तरफ़ मुड़ा। मुझे अचरज हुआ कि उसने फर का कोट पहना हुआ था।

मुझे याद आया कि जाड़े का मौसम था। इसके अलावा, वह आदमी जो हमारे सामने था, उसने भी कोट पहन रखा था और मैं एक पुरानी-सी जैकेट में था जो चोर बाज़ार में मिलती थी। उसका फ़रकोट, बेशक उसने वह चोर बाज़ार से नहीं ख़रीदा था। मिंक कोट था ? या सेबल ? उसकी वेशभूषा बहुत परिष्कृत थी, जो उसके चेहरे के घावों से मेल नहीं खा रही थी। मेरी जैकेट पर, जेबों से थोड़ा ऊपर, मुझे खून के धब्बे दिखे। मेरे बाएँ हाथ की हथेली पर एक बड़ी-सी खरोंच थी और कपड़ों पर खून के दाग़। ये दाग़ वहीं से लगे होंगे। वह सीधी बैठी हुई थी लेकिन सिर झुकाये हुए, जैसे ज़मीन पर किसी चीज़ को आँखें गड़ाये देख रही हो। शायद मेरा बिना जूते वाला पैर। उसके बाल ज़्यादा लम्बे नहीं थे और हॉल की रोशनी में मुझे लगा कि सुनहरे रंग के थे।

पुलिस वैन लाल बत्ती पर रुक गई थी, तटबंध पर, सैं-जरमैं-ल'ओक्सेर्रवा की चढ़ाई पर। वह आदमी हमें घूरता ही जा रहा था, एक-एक कर दोनों को, ख़ामोशी से, अपनी सर्द निगाहों से। आख़िरकार मुझे गुनहग़ार होने का-सा एहसास हो रहा था।

लाल बत्ती हरी नहीं हो रही थी। सैं-जरमैं-ल'ओक्सेर्रवा चौक और घाट के कोने पर, कॉफ़ी हाउस में अभी भी बत्तियाँ जल रही थीं, यह वही कॉफ़ी हाउस था, जहाँ मेरे पिता मुझे मिलने के लिए बुलाते थे। यही मौका था भाग जाने का। बेंच पर बैठे हुए इस आदमी से शायद इतना ही पूछना काफ़ी था कि वह हमें चला जाने दे। लेकिन मुँह से एक शब्द भी बोल पाने में असमर्थ था। वह खाँसा, चरसियों वाली भारी-भरकम खाँसी और एक खटका सुनने पर मुझे

हैरानी हुई। हादसे से लेकर अब तक, मेरे चारों तरफ़ एक गहरा सन्नाटा फैला हुआ था, मानो मैं अपनी सुनने की क्षमता खो बैठा था। हम लोग घाट के साथ-साथ चल रहे थे। जिस वक्त पुलिस वैन पुल पर चढ़ रही थी, मुझको महसूस हुआ कि जैसे उसका हाथ मेरी कलाई पर कस रहा था। वह मुझे देखते हुए मुस्कुरा रही थी, मानो मुझे ढाँढस बँधाना चाह रही हो, लेकिन मुझे किसी तरह का भय नहीं था। मुझे लग रहा था जैसे हम लोग, वह और मैं, पहले किन्हीं और परिस्थितियों में मिल चुके थे, और यह भी कि उसकी मुस्कुराहट अभी भी वैसी ही थी। कहाँ देखा था मैंने उसे? वह मुझे किसी ऐसे की याद दिला रही थी, जिससे एक मुद्दत पहले मेरी जान-पहचान हुई थी। हमारे सामने वह आदमी, उसकी आँख लग गई थी और उसका सिर सीने पर झूल गया था। वह मेरी कलाई कसकर पकड़े थी और कुछ देर में, वैन से बाहर निकलते ही, हम लोगों को हथकड़ियाँ पहना कर एक-दूसरे से बाँध दिया जाएगा।

पुल के बाद, वैन ने एक ड्योढ़ी लाँघी और ओतेल-दीय (पेरिस का सबसे पुराना सरकारी अस्पताल) के इमरजेंसी वार्ड में रुक गई। हम लोग रिसेप्शन में बैठे थे, अभी भी उसी आदमी की संगत में, मैं सोच रहा था कि उसकी असली भूमिका क्या थी। एक पुलिसवाले को निगरानी की ज़िम्मेदारी दी गई थी? क्यों? मैं यह सवाल उससे पूछना चाहता था, मगर मुझे पहले से ही पता था कि वह मेरी बात नहीं सुनेगा। इस क्षण के बाद से, मेरी आवाज़ फीकी पड़ गई थी। रिसेप्शन की चटकती बत्ती में, मेरे दिमाग में ये दो सवाल आये थे। हम लोग बैठे हुए थे, वह स्त्री और मैं, रिसेप्शन के सामने एक बेंच पर। वह दफ़्तर में बैठी महिलाओं में से किसी एक से बात करने के लिए गया। मैं उसके बिलकुल नज़दीक था, मुझे अपने कंधे पर उसके कंधे का स्पर्श महसूस हो रहा था। वह आदमी, दोबारा अपनी जगह पर बैठ गया, हमसे थोड़ी दूर, बेंच के कोने पर। एक लाल बालों वाला आदमी, नंगे पैर, चमड़े की जैकेट और पैंट पहने, रिसेप्शन में निरन्तर चहलकदमी कर रहा था, दफ़्तर वाली महिलाओं पर चिल्लाता हुआ। वह उन्हें उलाहना दे रहा था कि वे उस पर ध्यान नहीं दे रहीं। वह लगातार हमारे आगे से चल कर जा रहा था और मुझसे नज़रें मिलाना चाह रहा था। मगर मैं, मैं उसे अनदेखा कर रहा था क्योंकि मुझे डर था कि वह मुझसे

बात करने लगेगा। रिसेप्शन वाली एक महिला उसकी तरफ़ बढ़ी और आहिस्ते से धकेल कर उसे बाहर का रास्ता दिखाया। वह रिसेप्शन में वापस आया और इस बार लम्बी शिकायतें कर रहा था, जैसे एक कुत्ता मौत पर रोता हो। हर थोड़ी देर में, एक स्त्री या एक पुरुष, चौकीदार के साथ तेज़ी से रिसेप्शन को पार करते थे और हमारे सामने के एक गलियारे में समाते जा रहे थे। मैं सोच रहा था कि वह क्या था जिसकी तरफ़ यह गलियारा ले जा रहा था, और कि हम दोनों को भी, हमारी बारी आने पर, थोड़ी देर में उसी तरफ़ धकेल दिया जाएगा। दो स्त्रियों ने रिसेप्शन को पार किया, पुलिस के कई सिपाहियों से घिरी हुईं। मैं समझ गया कि वे अभी-अभी कैदियों को ले जाने वाली गाड़ी से बाहर निकली हैं, संभवत: उसी वाली से जिसने हमें यहाँ लाकर छोड़ा था। उन्होंने भी फ़रकोट पहना हुआ था, वैसा ही सजीला कोट जैसा मेरी पड़ोसन का था, और वे भी देखने में वैसी ही सम्भ्रांत लग रही थीं। चेहरे पर कोई चोट नहीं लगी थी। लेकिन दोनों की कलाइयों में हथकड़ियाँ थीं।

काले बालों वाले तगड़े आदमी ने हमें उठने का इशारा किया और वह हमें लेकर कमरे के कोने की तरफ़ गया। पाँव में सिर्फ़ एक जूता पहने हुए, मुझे चलने में झिझक हो रही थी और मैंने सोचा कि दूसरा जूता भी उतार लेना ही बेहतर रहेगा। जिस पैर में जूता नहीं पहना था, उस एड़ी में काफ़ी तेज़ दर्द हो रहा था।

एक नर्स हमें एक छोटे से कमरे में लेकर गई जहाँ पर दो फ़ोल्डिंग चारपाइयाँ थीं। हम लोग चारपाइयों पर लेट गये। एक युवक अन्दर आया। वह सफ़ेद ऐप्रन पहने था और बकरदाढ़ी रखी हुई थी। वह एक फ़ॉर्म पढ़ रहा था और उसने स्त्री से उसका नाम पूछा। उसने जवाब दिया—जाकलीन बोसेरजौं। उसने मुझसे भी, मेरा नाम पूछा। उसने मेरे बिना जूते वाले पाँव का मुआयना किया, फिर घुटने तक मेरी पतलून चढ़ाकर, मेरी पूरी टाँग का। नर्स ने उसे उसका कोट उतारने में मदद की और युवक ने रूई से, स्त्री के चेहरे पर लगे घावों को साफ़ किया। उसके बाद वे दोनों चले गये, एक मद्धिम बत्ती जलती छोड़ कर। दरवाज़ा पूरा खुला हुआ था और गलियारे की रोशनी में वह शख़्स

बेचैनी से चहलकदमी कर रहा था। एक नियमबद्ध अंतराल पर वह दरवाज़े की चौखट में दिख रहा था। स्त्री मेरे बगल में लेटी हुई थी, फ़रकोट में ही, उसे चादर की तरह ओढ़े। इन दो बिस्तरों के बीच में, एक छोटी मेज़ के लिए जगह नहीं बची होगी। उसने अपनी बाँह मेरी तरफ़ बढ़ाई और मेरी कलाई को कस के पकड़ा। मुझको वे हथकड़ियाँ याद आईं जो अभी-अभी उन दो स्त्रियों ने पहनी हुई थीं, एक बार फिर, मैंने सोचा कि वे हमें भी हथकड़ी पहना के ही रहेंगे।

गलियारे में, उस आदमी की चहलकदमी बंद हो गई थी। वह धीमी आवाज़ में नर्स से बातें कर रहा था। यह नर्स कमरे के अंदर आई, उसके पीछे-पीछे दाढ़ी वाला एक युवक। उन्होंने बत्ती जलाई। वे खड़े रहे, मेरे सिरहाने। मैं स्त्री की तरफ़ मुड़ा और फ़रकोट के अन्दर, उसने कंधे उचकाये, जैसे कि वह मुझे समझाना चाह रही थी कि हम लोग जाल में फँस गये हैं और अब हम बच कर भाग नहीं सकते। काले बालों वाला तगड़ा आदमी, दरवाज़े की चौखट में मूर्तिवत खड़ा था, पाँव फैलाये, हाथ बाँधे। वह हम पर से निगाह नहीं हटा रहा था। निस्संदेह अगर हम लोग इस कमरे से निकलने की कोशिश करें तो वह उस स्थिति में हमारा रास्ता रोकने की तैयारी कर रहा था। वह मुझे देखकर, फिर से मुस्कुराई, वही खिंची-सी मुस्कान जो कुछ देर पहले पुलिस वैन में उसके चेहरे पर थी। मुझे मालूम नहीं क्यों, इस मुस्कुराहट ने मुझे बेचैन कर दिया। बकरदाढ़ी और सफ़ेद ऐप्रन वाला शख़्स मेरी तरफ़ झुका हुआ था और नर्स की मदद से, वह मेरी नाक पर एक किस्म का काला मोटा जाब लगा रहा था। बेहोश होने से पहले मुझे ईथर की महक आई।

~

थोड़ी-थोड़ी देर में, मैं अपनी आँखें खोलने की कोशिश कर रहा था लेकिन मैं आधी नींद में चला जा रहा था। फिर हादसे की धुँधली-सी स्मृति उभरी और मेरे दिल ने चाहा कि करवट लूँ यह देखने के लिए कि वह अभी भी दूसरे वाले बिस्तर पर मौजूद थी कि नहीं। लेकिन मेरे अन्दर ज़रा-सी भी ताक़त नहीं थी कि हाथ भी हिला सकूँ और यह निष्क्रियता मुझे सुखद अनुभूति दे रही थी।

मुझको वह मोटा, काला जाब भी याद आया। यह निस्संदेह उस ईथर का ही असर था, जिसने मुझे इस अवस्था में पहुँचा दिया था। मैं पानी में तैर रहा था और नदी के बहाव के साथ बहता चला जा रहा था। उसका चेहरा मुझको स्पष्ट दिखा, एक वृहत् तस्वीर की तरह—सधी हुई धनुषाकार भवें, हल्के रंग की आँखें, सुनहरे बाल, माथे और गाल पर चोट। अपनी अर्द्धनिद्रा में, वह तगड़ा, काले बालों वाला आदमी मेरी ओर एक फ़ोटो बढ़ा रहा था और पूछ रहा था, ''क्या मैं इस व्यक्ति को जानता हूँ।'' उसको बातें करते सुनकर मैं हैरान था। वह लगातार वही सवाल दोहराये जा रहा था, मशीनी निर्जीव स्वर में। उस चेहरे को बारीकी से देखने की वजह से, मुझे लगा कि हाँ, मैं इस 'व्यक्ति' को जानता हूँ। या फिर, मैं किसी ऐसे से टकराया होऊँगा जो उससे मिलता होगा। अब मुझे अपने बाएँ पैर में दर्द नहीं हो रहा था। उस रोज़ शाम को मैंने सख़्त चमड़े और मुलायम तलवे वाले अपने पुराने जूते पहन रखे थे। उन्हें मैंने ऊपर से कैंची से काट दिया था, क्योंकि वे बेहद तंग थे और मेरे टखने में तकलीफ़ होती थी। मुझे उस जूते की याद आई जो मैंने खो दिया था, फ़ुटपाथ के बीचोंबीच वह बिसरा हुआ जूता। दुर्घटना के सदमे में, उस कुत्ते की स्मृति जीवन्त हो गई जो एक अरसा पहले कुचल गया था और वर्तमान में, घर के सामने की वह ढलान वाली सड़क ज़हन में उभर रही थी। कुत्ता बच कर खुले मैदान में भाग रहा था, सड़क पर नीचे की तरफ़। मुझे डर था कि वह कहीं खो न जाये, और अपनी खिड़की से उस पर नज़रें गड़ाये हुए था। अक्सर शाम को हमेशा वह सड़क पर ऊपर आता था। क्यों यह स्त्री अब उस घर से जुड़ गई थी, जहाँ मैंने अपने बचपन का कुछ वक्त बिताया था?

फिर से, मुझसे वही सवाल पूछता वह शख़्स, मुझे सुनाई दे रहा था, ''आप इस व्यक्ति को जानते हैं?'' और उसकी आवाज़ मद्धिम होती जा रही थी, फुसफुसाहट में बदल गई थी, मानो वह मेरे कान में बोल रहा था। मैं अभी भी पानी की सतह पर तैर रहा था, मैंने ख़ुद को नदी के बहाव के साथ छोड़ दिया था जो शायद वही नदी थी, जिसके किनारे पर हम लोग कुत्ते के साथ टहलते थे। हर थोड़ी देर के अंतराल पर मेरी आँखों के आगे चेहरे नाच रहे थे और मैं उनकी तुलना तस्वीरों से कर रहा था। मगर हाँ, वहाँ एक कमरा था, घर

की पहली मंज़िल पर, आख़िरी वाला, गलियारे के छोर पर। वही मुस्कान, वही सुनहरे बाल मगर ज़रा लम्बे। एक कटे का निशान उसके बाएँ गाल की हड्डी को छुपा रहा था और मैं अचानक समझ गया कि क्यों मुझे पुलिस वैन में उसे पहचानने का यकीन हो गया था—उसके चेहरे पर लगे इन चोट के निशानों की वजह से और जो इस कटे के निशान से उपजा था, जिसके बग़ैर मैं वक्त का एहसास नहीं कर पाता।

जब मुझमें ताक़त आ जाएगी कि दूसरे बिस्तर की तरफ़ करवट बदल के पलट सकूँ, जहाँ पर वह लेटी हुई थी तब मैं उसे जगाने के लिए हाथ बढ़ाऊँगा और उसके कंधे पर हाथ रखूँगा। वह ज़रूर अभी भी अपने फ़रकोट में लिपटी हुई होगी। मैं उससे ये सारे सवाल पूछूँगा। मुझको आख़िरकार पता चल जाएगा कि वास्तव में वह कौन है।

मुझे अपने कमरे में कुछ ख़ास नहीं दिख रहा था। उजली छत और झरोखा, मेरे सामने। बल्कि बड़ी काँच की खिड़की जिसकी दाहिनी तरफ़ पेड़ की एक टहनी डोल रही थी। और खिड़की के शीशे के परे नीला आसमान, ऐसा शुद्ध नीलापन कि मैंने कल्पना की कि बाहर शीत ऋतु का एक सुन्दर दिन होगा। मुझे लग रहा था जैसे मैं पहाड़ के किसी होटल में हूँ। जब मैं उठ सकूँगा और खिड़की तक चल कर जा सकूँगा, तब हो सकता है कि वहाँ से बर्फ़ के मैदान की झलक मिले, शायद ढलान जहाँ स्की के लिए लोग जाते हों। अब मैं ख़ुद को नदी की धारा के साथ बहने नहीं दे रहा था, बल्कि बर्फ़ पर फिसल रहा था, हल्की-सी ढलान जिसका अंत नहीं हो रहा था और जिस हवा में मैं साँस ले रहा था उसमें ईथर की ताज़गी थी।

यह कमरा, कल शाम के ओतेल-दीय के कमरे से ज़्यादा बड़ा लग रहा था, कमरा नहीं बल्कि एक किस्म की कोठरी थी, जहाँ रिसेप्शन के बाद हमें ले जाया गया था, उसमें कोई बड़ी शीशे की खिड़की तो क्या, एक छोटा-सा झरोखा तक नहीं था। मैंने अपना सिर घुमाया। कोई फ़ोल्डिंग खाट नहीं थी, मेरे अलावा यहाँ पर और कोई नहीं था। उन लोगों ने ज़रूर उस स्त्री को मेरे बगल वाला कमरा दिया होगा और जल्दी ही मुझे उसकी ख़बर मिल जाएगी। तगड़ा

काले बालों वाला आदमी, जिससे मुझे डर लग रहा था कि वह हमें हथकड़ियों से एक-दूसरे के साथ बाँध देगा, वह बेशक पुलिसवाला नहीं था जैसा कि मैं उसके बारे में सोच रहा था और हमें उसको कोई हिसाब देने की ज़रूरत नहीं थी। वह मुझसे सारे सवाल, जो वह चाहता था, कर सकता था, यह पूछताछ घंटों तक चल सकती थी, अब किसी चीज़ का अपराधबोध नहीं हो रहा था। मैं बर्फ़ पर फिसल रहा था और ठंडी हवा मुझको थोड़ा उल्लासोन्माद का एहसास करवा रही थी। बीती रात का यह हादसा इत्तफ़ाक की बात नहीं थी। उससे एक दरार पड़ गई थी। यह एक फ़ायदेमंद आघात था और एकदम समय पर घटित हुआ था, जिससे मुझे जीवन में एक नई शुरुआत करने की इजाज़त मिल गई थी।

दरवाज़ा मेरी बायीं ओर था, सफ़ेद लकड़ी की छोटी मेज़ के साथ। इस मेज़ पर, उन लोगों ने मेरा पासपोर्ट और बटुआ रख दिया था। और दीवार के सहारे, लोहे की कुर्सी पर, मैं अपने कपड़े पहचान गया। कुर्सी के नीचे मेरा इकलौता जूता। मुझे दरवाज़े के पीछे से आवाज़ें सुनाई दे रही थीं, एक पुरुष और एक स्त्री की आवाज़ जो एक शांतिप्रिय संवाद कर रहे थे। मुझे दरअसल उठने का मन नहीं कर रहा था। जितनी देर तक हो सके मैं अपना सुस्ताना बढ़ाना चाहता था। मैंने सोचा कि मैं अभी तक ओतेल-दीय में तो नहीं था, लेकिन मुझे महसूस हो रहा था कि नहीं, अपने इर्द-गिर्द फैली ख़ामोशी की वजह से, जिसमें दरवाज़े के पीछे से आती इन दो आवाज़ों से बमुश्किल खलल पड़ रहा था। और दरवाज़े की चौखट में टहनी डोल रही थी; देर-सवेर कोई मुझसे मिलने आएगा और मुझे सब समझाएगा। अब मुझे ज़रा-सी भी फ़िक्र महसूस नहीं हो रही थी, मैं, जो हमेशा सतर्क रहता था। यह अकस्मात् शांतिदायक अनुभूति शायद उस ईथर की बदौलत हो रही थी जो उन्होंने कल रात मुझे सुँघाई थी, या किसी और दवाई का असर जिसने दर्द कम कर दिया था। किसी भी सूरत में, जो बोझ मैं अपने ऊपर हमेशा महसूस करता था, वह नहीं रह गया था। ज़िन्दगी में पहली बार, मैं हल्का और बेफ़िक्र था, और यही मेरा असल स्वभाव था। खिड़की से झलकते नीले आसमान से एक शब्द याद आ रहा था—एनगाडीन। ऑक्सीजन की कमी मेरे अन्दर हमेशा से रही है, और उस रात को एक रहस्यमयी डॉक्टर को मेरी जाँच करने के बाद,

समझ में आ गया था कि यह बेहद ज़रूरी था कि मैं फ़ौरन एनगाडीन के लिए रवाना हो जाऊँ।

दरवाज़े के पीछे उनकी बातें मैं सुन रहा था और इन दो अजनबी और अदृश्य जनों की उपस्थिति मुझे दिलासा दे रही थी। शायद वे मेरा ध्यान रखने के लिए रुके हुए थे। फिर से अंधेरे में से गाड़ी प्रकट हो रही थी। मुझे हल्के से छू रही थी और मेहराबों से टकरा रही थी। गाड़ी का दरवाज़ा खुल रहा था और वह लड़खड़ाती हुई बाहर निकल रही थी। जब हम लोग अस्पताल के हॉल में सोफ़े पर बैठे हुए थे और उस क्षण तक जब पुलिस वैन में उसने मेरी कलाई कस के पकड़ी थी, मैंने सोचा था कि वह नशे में थी। एक आम हादसा जिनके बारे में पुलिस स्टेशन पर कहा जाता है कि वह व्यक्ति 'नशे की हालत' में गाड़ी चला रहा था। लेकिन अभी मुझे यकीन था कि यह बिलकुल ही कुछ और बात थी। ऐसा था मानो कोई मेरा ख़याल रख रहा था, मेरे जाने बगैर या किस्मत ने मेरी हिफ़ाज़त के लिए उसे मेरे रास्ते में ला खड़ा किया था। और उस रात को, वक्त कम पड़ रहा था। मुझे एक ख़तरे से बचना ज़रूरी था या ख़ुद को आगाह करना था। एक छवि मेरे मन में उभरी, निस्संदेह इस लफ़्ज़ एनगाडीन की वजह से। कुछ सालों पहले, मैंने स्की करते एक शख़्स को एकदम खड़ी ढलान पर लुढ़कते देखा था, जो जानबूझकर एक कुटिया की दीवार से जा टकराया था और अपना पैर तोड़ लिया था ताकि युद्ध पर न जाना पड़े, अल्जीरिया से बुलावा आने वाले युद्ध पर। कुल मिला कर, उस रोज़, वह अपनी ज़िन्दगी बचाना चाहता था। ज़ाहिर है, मैं भी वही कर रहा था। मेरा तो एक पैर भी नहीं टूटा था। उस स्त्री की बदौलत, मैं सही-सलामत उन हालात से निकल गया था। यह सदमा ज़रूरी था। यह मुझे मंथन करने में मदद करेगा कि मेरा जीवन कैसा रहा था अब तक। मैं मानने के लिए बाध्य था कि मैं ख़तरों से खेल रहा था—अपने संदर्भ में मैंने जो बातें सुनी थीं, उसके अनुसार।

एक बार फिर से मेरी नज़रें नीचे कुर्सी के पास, जूते पर टिक गईं, मोटा मोकासां जिसे मैंने बीच में से काट दिया था। उन लोगों को ज़रूर आश्चर्य हुआ होगा जब मुझे इस बिस्तर में डालने से पहले मेरे पैर से निकाला होगा।

उनकी नेकदिली थी कि उन्होंने उसे मेरे कपड़ों के साथ सँभाल कर रख दिया था और मुझे ये सोने वाले कपड़े, सफ़ेद धारी वाली नीली कमीज़ दी, जो मैं इस वक्त पहने था। क्यों हो रही थी इतनी चिंता? निस्संदेह वही थी जिसने इन लोगों को ये निर्देश दिए होंगे। मैं इस जूते से अपनी निगाहें नहीं हटा पा रहा था। बाद में, जब मेरी ज़िन्दगी एक नये ढर्रे पर चल पड़ेगी, तब भी उसे मेरी नज़रों के दायरे में रहना चाहिए, बिलकुल स्पष्ट रूप से चिमनी के ऊपर रखा, साफ़-साफ़ दिखता हुआ एक शीशे के बक्से में, गुज़रे वक्त की यादग़ार के तौर पर। और वे जिन्हें इस चीज़ के बारे में और जानने की इच्छा होगी, मैं उनसे जवाब में कहूँगा कि यह एक अकेली चीज़ थी जो मेरे माँ-बाप ने मुझको वसीयत में दी थी—हाँ, अपनी यादों में मैं जितनी दूर जा सकता था, मैं हमेशा सिर्फ़ एक ही जूता पहन कर चला था। इस ख़याल के साथ, मैंने आँखें बंद कर लीं और मन-ही-मन हँसी आती रही और बस नींद आ गई।

~

हाथ में ट्रे लिए हुए एक नर्स ने मुझको जगाया और उसने मुझसे कहा कि वह मेरा नाश्ता है। मैंने उससे पूछा कि वास्तव में, मैं कहाँ पर हूँ और वह चकित लगी कि मैं इस बात से अनजान हूँ। 'मीराबो क्लिनिक में।' जब मैंने इस क्लिनिक का पता जानना चाहा, उसने मुझे जवाब नहीं दिया। एक संदिग्ध मुस्कान चेहरे पर लिए वह मुझे घूरती रही। उसे लगा कि मैं उसका मज़ाक उड़ा रहा था। फिर उसने एक फ़ॉर्म को ध्यान से पढ़ा, जिसे उसने अपनी ऐप्रन की जेब से निकाला था और मुझसे कहा कि मुझको 'जगह छोड़ कर' जाना पड़ेगा। मैंने दोहराया, "कौन-सा क्लिनिक?" मेरे पैरों तले से ज़मीन खिसकने लगी, जैसे नींद में लग रहा था। मैंने सपने में देखा था कि मैं एक जहाज़ पर कैदी हूँ, बीच समुन्दर में। और ठोस ज़मीन पर पहुँचने के लिए मैं बेचैन हूँ। नारसीस-दीयाज मार्ग पर मीराबो क्लिनिक। यह सड़क किस मुहल्ले में है, उससे यह पूछने की हिम्मत नहीं हुई मेरी। ओतेल-दीय के नज़दीक? वह जल्दी में दिख रही थी और मुझको बग़ैर कुछ और ब्यौरा दिये हुए दरवाज़ा बन्द करके चली

गई। उन लोगों ने मेरी एड़ी, घुटने, कलाई और हथेली पर पट्टी बाँध दी थी। मैं अपना बायाँ पैर मोड़ नहीं पा रहा था, लेकिन कपड़े पहन सकने में कामयाब हो गया। मैंने अपना इकलौता जूता पहना और मन-ही-मन सोच रहा था कि सड़क पर चलने में दिक्कत होगी, लेकिन आस-पास कहीं पर, कोई बस स्टॉप या मेट्रो स्टेशन तो होगा ही और मैं झट से अपने घर पहुँच जाऊँगा। मैंने फिर से एक बार बिस्तर पर लेटने का सोचा। अभी भी मुझको उसी सुख की अनुभूति हो रही थी। क्या अब भी ज़्यादा देर तक यह एहसास बना रहेगा? मैं डर रहा था कि कहीं क्लिनिक से बाहर निकलते ही यह काफ़ूर न हो जाये। खिड़की की चौखट से नीले आसमान को निहारते हुए मैं ख़ुद को यकीन दिला रहा था कि मुझे पहाड़ों में ले जाया गया था। कहीं मैं निराश न हो जाऊँ, इस डर से मैंने खिड़की से झाँकने का विचार टाल दिया। मैं देर तक इस ख़याल को संजोये रखना चाहता था कि यह मीराबो क्लिनिक एक शीतकालीन क्रीड़ाओं वाले पहाड़ी स्थल पर स्थित है। दरवाज़ा खुला और नर्स हाज़िर हुई। उसके हाथ में एक प्लास्टिक का थैला था, जिसे उसने पलंग के साथ वाली मेज़ पर रख दिया और वह बाहर चली गई, हवा के झोंके की तरह, बग़ैर एक शब्द कहे। थैले में एक जूता था जिसे मैं खो चुका था। उन लोगों ने वहाँ, फ़ुटपाथ पर जाकर उसे ढूँढने की ज़हमत उठाई थी। या फिर शायद यह वही होगी जिसने उनसे ऐसा करने को कहा होगा। कोई मेरी इतनी परवाह करे, सोचकर हैरानी हो रही थी। अब 'जगह खाली करने' से मुझको कोई भी चीज़ रोक नहीं रही थी, जैसा कि नर्स ने कहा था। मैं खुली हवा में चलना चाहता था।

सीढ़ियाँ उतरते समय मैं ज़रा-सा लंगड़ा रहा था और रेलिंग पकड़े हुए था। प्रवेश कक्ष में पहुँचने पर मैं शीशे के दरवाज़े से, जिसकी एक किवाड़ खुली हुई थी, बाहर निकलने की जल्दी में था, उसी वक्त उस काले बालों वाले लम्बे-चौड़े आदमी की झलक मिली। वह एक बेंच पर बैठा हुआ था। उसने मुझे हाथ से इशारा किया और उठकर खड़ा हो गया। उसने वही उस रात वाला कोट पहना हुआ था। वह मुझको रिसेप्शन ऑफ़िस तक लेकर गया। मुझसे मेरा नाम पूछा गया। वह दूसरा आदमी मेरे बगल में खड़ा था, मानो मेरी भंगिमाओं पर अच्छी तरह नज़र रखने की कोशिश थी, और मैं उसकी आँखों में धूल झोंकने

की फ़िराक में तो था ही। जितनी जल्दी हो सके। कहीं किसी सड़क के बजाय वहीं, उसी हॉल में। रिसेप्शन वाली महिला ने मुझको एक मुहर लगा लिफ़ाफ़ा दिया, जिस पर मेरा नाम लिखा हुआ था।

उसके बाद उसने मुझसे अस्पताल से छुट्टी की पर्ची पर दस्तख़त करवाया और एक दूसरा लिफ़ाफ़ा मेरी ओर बढ़ाया, इस पर क्लिनिक का नाम छपा था। मैंने उससे पूछा कि कुछ चुकाना होगा, लेकिन उसने मुझसे कहा कि हिसाब चुकता कर दिया गया है। किसने किया? किसी भी सूरत में, मेरे पास उतने पैसे नहीं होते। जिस वक्त मैं हॉल को पार करते हुए बाहर के दरवाज़े की तरफ़ बढ़ रहा था, उस काले बालों वाले लम्बे-चौड़े आदमी ने मुझे बेंच पर अपने साथ बैठने का आग्रह किया। वह मेरी तरफ़ एक फीकी-सी मुस्कान बिखेर रहा था और मैंने सोचा कि यह शख़्स जानबूझकर मेरे प्रति आक्रामक नहीं हो रहा। उसने मेरे सामने दो काग़ज़ प्रस्तुत किए, जिन पर टंकित किया हुआ एक गद्यांश था। 'लेखा-जोखा'—मुझे अभी तक यह शब्द याद है जिसका प्रयोग उसने किया था—हाँ, दुर्घटना का लेखा-जोखा। अब फिर से मेरे दस्तख़त चाहिए थे, पन्ने के निचले भाग पर, उसने अपने कोट की जेब से एक कलम निकाली और उसका ढक्कन उसने ख़ुद ही खोलकर मुझे पकड़ाया। उसने मुझसे कहा कि मैं दस्तख़त करने से पहले वह गद्यांश पढ़ सकता हूँ, लेकिन मैं खुली हवा में जाने के लिए बेचैन था। मैंने पहले पन्ने पर दस्तख़त कर दिया। दूसरे पर, ज़रूरत नहीं थी, वह उसी की नकल थी, जिसे मुझे अपने पास रखना था। मैंने उसे तह किया और अपने ओवरकोट की जेब में ठूँस लिया और उठ कर खड़ा हो गया।

उसने मेरा रास्ता रोका। शायद वह फिर से मुझको पुलिस वैन में डालना चाहता था, जहाँ पर मुझको वह मिलेगी। वही लड़की, उसी जगह पर बैठी हुई जहाँ उस रात को बैठी हुई थी? बाहर, वह सँकरी-सी सड़क जो घाट में जाकर मिल जाती थी, वहाँ सिर्फ़ एक गाड़ी थी, खड़ी। एक आदमी चालक सीट पर बैठा हुआ था। मैं रुख़सत लेने के लिए शब्दों की तलाश में था। अगर मैं उसे झटके से छोड़ जाता, वह मेरे बर्ताव पर शक करता और मेरा पीछा करने

लगता, इस बात का ख़तरा था। इसलिए, मैंने उससे पूछा कि उस रात वाली वह औरत कौन थी। उसने कंधे उचकाए और कहा कि उसका नाम निस्संदेह मुझको 'रिपोर्ट' में मिल जाएगा, लेकिन यह मेरे लिए और सभी के लिए बेहतर होगा कि हम इस हादसे को भूल जाएँ। उसके लिए जहाँ तक यह सिर्फ़ एक 'वाकये के दर्ज होने' की बात थी इसलिए मुझसे भी, सचमुच में वह ऐसी ही उम्मीद कर रहा था। वह गाड़ी के आगे ठहरा और रूखेपन से मुझसे पूछा कि कहीं मुझे चलने में ज़्यादा तकलीफ़ तो नहीं हो रही और अगर मैं चाहूँ तो वह मुझको कहीं पहुँचा सकता है। नहीं, ऐसी ज़हमत उठाने की ज़रूरत नहीं। सो बगैर मुझसे विदा लिए वह ड्राइवर की बगल वाली सीट पर चढ़ कर बैठ गया, उसने गाड़ी का दरवाज़ा ख़ासे झटके से बन्द किया और घाट की दिशा में बढ़ गया।

मौसम सुहावना था, जाड़े का एक खिली धूप वाला दिन। अब मुझको समय का बोध नहीं रह गया था। यह ज़रूर दोपहर की शुरुआत रही होगी। मेरा बायाँ पैर मुझे थोड़ी तकलीफ़ दे रहा था। फ़ुटपाथ पर सूखे पत्तों की दरी बिछी थी। मुझे गुमान हुआ जैसे मैं जंगल की पगडंडी पर निकलने वाला हूँ। मेरे दिमाग़ में एनगाडीन शब्द नहीं था, बल्कि उससे भी ज़्यादा मीठा और ज़्यादा गहरा एक शब्द। मैंने लिफ़ाफ़ा खोला। उसमें बैंक के नोटों की एक गड्डी थी। बग़ैर एक शब्द, बग़ैर किसी सफ़ाई के। मैंने ख़ुद से सवाल किया कि इतने सारे पैसे किसलिए आख़िर। शायद उसकी नज़र मेरे घिसे ओवरकोट और मेरे इकलौते जूते पर पड़ गई थी। इन घिसे मोकासाँ जूतों से पहले, मैंने फीते वाले और रबड़ के तलवे वाले भारी-भरकम जूते इस्तेमाल किए थे, उन्हें मैं गर्मियों में भी पहनता था। और वही पुराना ओवरकोट, कम-से-कम यह तीसरा जाड़ा होगा कि मैं पहन रहा हूँ। मैंने अपनी जेब से वह फ़ॉर्म निकाला जिस पर मैंने दस्तख़त किए थे। एक रिपोर्ट या यूँ कहें कि दुर्घटना का ब्यौरा था, इस काग़ज़ पर। कोई पुलिस वाला लेटरहैड नहीं था, न तो रूप-रंग से वह सरकारी काग़ज़ जैसा लग रहा था। '...रात में...हल्के नीले रंग की एक फ़िएट

कार...गाड़ी नम्बर...कारूसेल के उद्यानों की तरफ़ से आती हुई और पिरामिड चौक का रास्ता पकड़ती हुई...होटल रेजीना में दोनों लाए गए...ओतेल-दीय, आपातकालीन सेवायें...पाँव और बाँह में पट्टी...' मीराबो क्लिनिक का ज़िक्र नहीं था और मैं सोच रहा था कि कब और कैसे वे मुझे वहाँ पर लेकर गए थे। तथ्यों के सारांश में मेरे कुलनाम और मेरे नाम का उल्लेख था और मेरी जन्मतिथि और मेरा पुराना पता। निस्संदेह उन्हें ये सारी जानकारियाँ मेरे पुराने पासपोर्ट में मिली थीं। उसके कुलनाम और उसके अपने नाम का उल्लेख था जैकलीन बोसेरजौं, और उसका पता भी : जो आल्बोनी चौक था, लेकिन वे घर का नम्बर लिखना भूल गए थे। मेरे हाथ कभी इतने महत्त्वपूर्ण सुराग नहीं लगे थे। मुझे अच्छा लगता अगर उसकी तरफ़ से दो शब्द मिले होते, लेकिन हादसे के बाद निस्संदेह वह उन्हें लिखने की स्थिति में नहीं रही होगी। मैंने अंदाज़ा लगाया कि उस काले बालों वाले लम्बे-चौड़े आदमी ने हर चीज़ की ज़िम्मेदारी उठा ली थी। संभवतः उसका पति हो। मैं याद करने की कोशिश कर रहा था कि वह किस क्षण हाज़िर हुआ था। गाड़ी में वह अकेली थी। बाद में, हॉल में वह हमारी ओर चलकर आ रहा था, जब एक-दूसरे के बगल में सोफ़े पर बैठे हम इंतज़ार कर रहे थे। निश्चित तौर पर, मुझे लगी चोट के एवज में वे हर्जाना देना चाहते थे और वे यह सोचकर अपराधबोध से दबे जा रहे होंगे कि हादसा उससे ज़्यादा गंभीर भी हो सकता था। मुझे उन्हें ढाँढस बँधाना अच्छा लगता। नहीं, मेरे विषय में कोई चिंता की बात नहीं है। क्लिनिक वाले लिफ़ाफ़े में एक 'डॉक्टर बस्सों' के दस्तख़त वाली दवाइयों की एक पर्ची थी, इस निर्देश के साथ कि मुझे अपनी 'पट्टी' नियत अंतरालों पर बदलती रहनी पड़ेंगी। मैंने नोट फिर से गिने। अब लम्बे समय तक भौतिक सुखों में कमी नहीं आएगी। मुझे अपने पिता के साथ वे आख़िरी मुलाकातें याद आईं, तकरीबन सत्रह साल का होऊँगा, जब उनसे थोड़े पैसे माँगने की जुर्रत नहीं कर पाता था मैं। ज़िन्दगी ने हमें जुदा कर दिया था और हमारी एक-दूसरे से मुलाकातें कॉफ़ी हाउस में होती थीं, तड़के सुबह, जब अंधकार छँटा भी नहीं होता था। वे उधड़े सूट पहनते थे जो हर बार ज़्यादा और ज़्यादा घिसा होता था, और हर बार यह कॉफ़ी हाउस बीच शहर से दूर होता जाता था। मैं याद करने की कोशिश कर रहा था कि कहीं, इत्तफ़ाक

से, उन्होंने मुझे इस मुहल्ले के किसी कॉफ़ी हाउस में मिलने के लिए तो नहीं बुलाया कभी जहाँ पर मैं टहल रहा था।

अपनी जेब से मैंने 'रिपोर्ट' निकाली जिस पर मैंने दस्तख़त किये थे। मतलब वह आल्बोनी चौक पर रहती थी। मैं इस जगह को जानता था, क्योंकि इसके एकदम नज़दीक स्थित एक मेट्रो स्टेशन पर अक्सर उतरता था। कोई फ़र्क नहीं पड़ता अगर घर का नम्बर नहीं है तो। उसके नाम के साथ—जाकलीन बोसेरजौं, मैं कुछ जुगाड़ भिड़ा लूँगा। यह आल्बोनी चौक सेन नदी के किनारे थोड़ा नीचे की तरफ़ था। अब मैं उसके मुहल्ले में था। तो यह वजह थी कि उन्होंने मुझे मीराबो क्लिनिक में पहुँचाया था। वह बेशक, इस जगह को जानती थी, और वही थी जिसने इसकी पहल की होगी। या उसकी जान-पहचान का कोई हमें लेने के लिए ओतेल-दीय आया होगा। एक एम्बुलेंस में? मैंने मन में सोचा था कि मैं अगले टेलीफ़ोन बूथ पर ठहरूँगा और वहाँ पर टेलीफ़ोन डाइरेक्टरी उलट-पुलट कर देखूँगा या फिर मैं सूचना कार्यालय फ़ोन करूँगा। लेकिन कोई जल्दी नहीं थी। उसके ठिकाने का पता लगाने के लिए और उससे मिलने जाने के लिए मेरे हाथ में ढेर सारा वक्त था। यह मेरा जायज़ हक था और वह इस बात का बुरा नहीं मान सकती थी। आज तक मैं कभी भी उन लोगों के घर का दरवाज़ा खटखटाने नहीं गया था, जिनसे मेरी जान-पहचान नहीं थी लेकिन यहाँ पर, कुछ बातें थीं जिनका स्पष्टीकरण ज़रूरी था। एक लिफ़ाफ़े में नोटों की गड्डी, बग़ैर दो शब्दों के, क्या किसी भिखारी के आगे फेंकी हुई भीख नहीं थी। रात के अंधेरे में, गाड़ी से, कोई किसी को धक्का मार जाए और उस तक कुछ पैसे पहुँचवा दे, कहीं वह अपंग न हो गया हो इसलिए। सबसे पहले तो, ये पैसे मुझे नहीं चाहिए थे। मैं कभी भी किसी के भरोसे नहीं रहा और मुझे पूरा यकीन था कि उन दिनों में भी मुझे किसी की ज़रूरत नहीं थी। मेरे माँ-बाप मेरे किसी काम नहीं आए थे और यदा-कदा जब मेरे पिता मुझसे कॉफ़ी हाउस में मिलने आया करते थे, उन मुलाकातों का अंजाम हमेशा एक-सा ही होता था : हम एक-दूसरे से हाथ मिलाकार रुख़सत ले लिया करते थे। और कभी भी, उनसे ज़रा-से भी पैसे माँगने की हिम्मत नहीं जुटा पाया था मैं। ख़ास तौर से आख़िरी दिनों में, पौर्त्त द'औरलेयों में, जहाँ वैसी चहल-पहल, वैसी सुन्दरता

नहीं थी जो शौज़-एलिज़े की होती थी। एक दिन सुबह, मैंने गौर किया कि उनके गहरे नीले ओवरकोट के कई बटन टूटे हुए थे।

मेरा मन कर रहा था कि घाट का रास्ता पकड़े-पकड़े आल्बोनी चौक तक पहुँच जाऊँ। हर इमारत में, मैं चौकीदार से पूछँगा कि जाकलीन बोसेरजौं कौन-सी मंज़िल पर रहती हैं। उनमें बहुत नम्बर तो नहीं होंगे। मुझे याद आया कि किस तरह से उसने मेरी कलाई को कसकर पकड़ रखा था, मानो हम दोनों के बीच कोई करार था। पहले फ़ोन कर लेना बेहतर रहता। और किसी भी चीज़ में हड़बड़ी नहीं करनी। मैं फिर से उसी अजीब से एहसास की गिरफ़्त में था जो पुलिस वैन में बैठ कर ओतेल-दीय जाते समय रास्ते भर मुझ पर हावी था, कहीं उस चेहरे को कभी देखा था ऐसा एहसास। उसका टेलीफ़ोन नम्बर मालूम करने से पहले, शायद मैं अपनी यादों को कुरेदने की कोशिश करूँगा। उस दौर में चीज़ें कहीं ज़्यादा सीधी-सरल थीं, अतीत को पलट कर देखने पर, मेरी ज़िन्दगी का बहुत बड़ा हिस्सा नहीं था। बस बीते कुछ बरसों को पलट कर देखना भर था। कौन जाने ? कोई फ़लाँ जाकलीन बोसेरजौं, या यही लड़की मगर किसी और नाम से, पहले कभी किसी रास्ते में मिली हो मुझे। मैंने पढ़ा था कि इत्तफ़ाक से होने वाली मुलाकातें गिनती में ख़ासी कम होती हैं। एक तरह के हालात, एक तरह के चेहरे बार-बार सामने आते हैं, लगता है जैसे कैलाइडोस्कोप के रंगीन काँच के टुकड़े, शीशे का यह खेल जो यह भ्रम दिलाता है कि इन संयोजनों में अनन्त तक विविधता संभव है। मगर वे काफ़ी हद तक सीमित होते हैं, ऐसे संयोग। हाँ, मैंने ज़रूर यह कहीं पर पढ़ा होगा, या फिर डॉक्टर बूवियेर ने किसी शाम, एक कॉफ़ी हाउस में हमें यह समझाया होगा। लेकिन मेरे लिए इन सवालों पर देर तक गौर करना मुश्किल था। अचानक ऐसा लगा कि मुझे ग्रनेल पुल पार करने की, दाहिने घाट तक जाने की और मेट्रो या बस पकड़ कर व्आ-वेर्त्त मार्ग के अपने कमरे में पहुँचने की इच्छा नहीं हो रही थी। मेरा यहाँ पर आस-पास, थोड़ी देर और टहलने का इरादा था। बेहद ज़रूरी था कि मैं अपने पैर में बँधी पट्टी के साथ चलने का आदी हो जाऊँ। मुझे वहाँ, जाकलीन बोसेरजौं के मुहल्ले में, बहुत अच्छा लग रहा था। मुझे तो ये भी महसूस हुआ कि साँस लेने के लिए वहाँ की हवा में ताज़गी अधिक थी।

दुर्घटना से पहले, मैं लगभग एक साल तक व्आ-वेर्त्त मार्ग वाले होटल में रहता था, पौर्त्त द'औरलेयों की तरफ़, लम्बे समय तक और मैं अपने जीवन के इस हिस्से को भूल जाना चाहता था, या यूँ कहूँ कि उन विवरणों के बारे में सोचना नहीं चाहता था जो अर्थहीन दिखते थे। जैसे एक आदमी जो शाम के करीब छह बजे मुझे मिलता था, निस्संदेह वह अपने काम से वापस लौट रहा होता होगा। अब मुझे उसके काले ब्रीफ़केस और उसकी धीमी चाल के सिवाय कुछ याद नहीं है। एक शाम, विश्वविद्यालय परिसर के सामने, बड़े वाले कॉफ़ी हाउस में, मैं अपने बगल की मेज़ वाले से बातें करने लगा था, जिसके बारे में मेरा ख़याल था कि वह ज़रूर विद्यार्थी रहा होगा। लेकिन वह एक ट्रैवेल एजेंसी में काम करता था। वह माडागास्कर का रहने वाला था और अपने पुराने काग़ज़ात, जिनसे मैं छुटकारा पाना चाहता था, उसके अम्बार में मुझे उसका नाम और टेलीफ़ोन नम्बर मिल गया। उसका नाम था : काट्ज़-क्रट्ज़र। मैं उसके बारे में कुछ नहीं जानता। बाकी ब्यौरे...ये हमेशा से उन लोगों की बात है जिनसे मैं यूँ ही टकरा गया था और जिनसे मुश्किल से जान-पहचान हुई थी, और जो मेरे लिए रहस्य ही बने रह जाएँगे। जगहें भी...एक छोटा-सा रेस्तराँ जहाँ पर कभी-कभार अपने पिता के संग रात का खाना खाता था, फ़ोश एवेन्यू में बाएँ, ऊपर की तरफ़ और बाद में जब भी उस मुहल्ले से गुज़रता था तब उसे व्यर्थ ही खोजता रहा मैं। क्या मैंने सपना देखा था ? देहात के मकान, उन लोगों के घर पर जिनके मुझे नाम तक नहीं मालूम होते थे, ऐसे गाँवों के नज़दीक जिन्हें नक्शे पर दिखाना मेरे लिए असंभव होता। कोई एवलीन जिससे मेरी मुलाकात एक रात वाली ट्रेन में हुई थी...यहाँ तक कि मैंने सारे ऐसे भूले-बिसरे चेहरों और जगहों की, तजे हुए मंसूबों की—अंदाज़ से तारीख सहित—एक सूची बनानी भी शुरू कर दी है। एक दिन, मैंने मेडिकल कॉलेज में दाख़िला लेने का निर्णय लिया था, लेकिन यह संकल्प टिका नहीं। अपनी स्मृति पर ज़ोर डालकर उन सिरों को

जोड़ने की कोशिश कर रहा था जिनका मेरे लिए कोई भविष्य नहीं रहा और जो अधर में लटका रहा, मैं समय के बीच की दरार और जोड़ने वाले सिरे खोज रहा था। दरअसल मैं उस उम्र में पहुँच गया हूँ जब ज़िन्दगी आहिस्ता-आहिस्ता अपने आप में सिमटने लगती है।

मैं उस मौसम के रंग और फ़िज़ा को फिर से ढूँढ रहा हूँ जब मैं पौर्त्त द'औरलेयों के पास रहता था। काले और धूसर सलेटी रंग, पीछे पलट कर देखता हूँ तो पाता हूँ दमघोटू माहौल, निरन्तर पतझड़ और जाड़े का मौसम। क्या यह महज़ एक इत्तफ़ाक था कि मैं उसी इलाके में पहुँच गया था जहाँ अपने पिता से मेरी आख़िरी मुलाकात हुई थी? ठीक सुबह सात बजे, कैफ़े रौंतौन्द में, उन ईंट की इमारतों में से एक जो एक ब्लॉक बनाती है और पेरिस की सरहद इंगित करती है। वहाँ पर, मोंरूज है और बाहरी मुद्रिका सड़क का एक हिस्सा जो अभी-अभी बना था। हमारे पास एक-दूसरे से कहने के लिए ज़्यादा कुछ नहीं था और मैं जानता था कि हम लोग अब इसके बाद नहीं मिलेंगे। हम दोनों उठ कर खड़े हुए और बगैर हाथ मिलाए, एक साथ कैफ़े रौंतौन्द से बाहर निकल गए। अपने गहरे नीले ओवरकोट में उन्हें दूर होते, बाहरी मुद्रिका की दिशा में जाते देखकर मैं विस्मित था। मैं अब भी सोचता हूँ कि जाने किस सुदूर सीमावर्ती नगर में उनके कदम उन्हें लिए चले जा रहे थे। हाँ, आज मैं इस इत्तफ़ाक से हैरान हूँ कि जहाँ हम आख़िरी दिनों में मिला करते थे, मैंने उस मुहल्ले में थोड़ा वक्त बिताया। लेकिन उस वक्त, मैंने इसके बारे में ज़रा भी नहीं सोचा था। मुझे और भी कई ग़म थे।

~

डॉक्टर बूवियेर का रूप-रंग भी, उस ज़माने के किसी भगोड़े जैसा ही था। मैं सोचता हूँ कि क्या वह अब तक जीवित होंगे। संभवत: किसी प्रान्तीय शहर में, एक नया नाम, नई पहचान के तहत, कुछ नये शिष्य मिल गए होंगे। कल शाम को, इस आदमी की याद आने पर मुझको बेतहाशा हँसी आई, जिसे रोकना मुश्किल हो गया था। क्या उसका सचमुच में अस्तित्व था? क्या वह एक

मृगमरीचिका नहीं थी, जो नींद की कमी, खाना समय पर और कायदे से नहीं खाने तथा ड्रग्स का प्रचुर मात्रा में सेवन करने की वजह से हो? मगर नहीं। ढेर सारे ब्यौरों, ढेरों घटनाओं से यह सिद्ध होता था कि उस ज़माने में एक फ़लाँ डॉ. बूवियेर हर लिहाज़ से अपनी बैठकें चौदहवें ज़िले के कॉफ़ी हाउस में किया करते थे।

मेरी इस दुर्घटना से कुछ दिनों पहले हमारे रास्ते टकराये थे। और मुझे यह कबूल करना होगा कि ओतेल-दीय में, जिस पल ईथर सुँघाने और सुलाने के लिए मेरे चेहरे पर काला जाब लगाया था, तब मैंने बूवियेर के बारे में सोचा था, उसकी 'डॉक्टर' की पदवी के कारण। मुझे मालूम नहीं है कि यह सम्मान किस उपलब्धि के लिए था, उन्होंने किसी विश्वविद्यालय में उच्च शिक्षा प्राप्त की थी या फिर मेडिकल की पढ़ाई की थी। मेरा ख़याल है कि बूवियेर इस असमंजस का फ़ायदा उठाते थे, यह जतलाने और यकीन दिलाने के लिए कि उनकी 'शिक्षा' का विस्तार एक व्यापक ज्ञानक्षेत्र है, चिकित्सा सहित।

जब मैंने उन्हें पहली बार देखा था तब वे अपनी बैठकें मोंपार्नास की तरफ़ नहीं लगाते थे। बल्कि पेरिस के दूसरे हिस्से में, दाहिने घाटों पर, ठीक पीगाल मार्ग और दूए मार्ग के कोने पर, उस कॉफ़ी हाउस में जिसका नाम ल सौं सूसी था। ज़रूरी है कि मैं बता दूँ कि मैं वहाँ क्या कर रहा था, अभी छोड़ देता हूँ, फिर किसी दिन इस बारे में विस्तार से बताने के लिए। मैं पेरिस के कुछ मुहल्लों में अक्सर जाता रहता था, एक फ्राँसीसी लेखक की तर्ज पर जो 'रात का तमाशाई' कहलाता था। रात को, सड़कों में, मुझे एक दूसरी ज़िन्दगी जीने का-सा एहसास होता था जो ज़्यादा दिलकश थी, या फिर बस यूँ ही, ऐसी ज़िन्दगी का ख़्वाब देखा करता था।

शाम के करीब आठ बज रहे थे, सर्दी का मौसम था, और मेरे इर्द-गिर्द ज़्यादा लोग नहीं थे। एक मेज़ पर बैठे हुए एक जोड़े ने मेरा ध्यान आकृष्ट किया था : पुरुष, उसके चाँदी जैसे छोटे-कटे बाल, चालीस के आस-पास उम्र रही होगी, दुबला चेहरा और हल्के रंग की आँखें। उसने अपना ओवरकोट भी नहीं उतारा था। स्त्री : उसके सुनहरे बाल थे और उसकी हमउम्र ही रही होगी। वह

वियतनामी मूल की लग रही थी, लेकिन उसके नैन-नक्श से कठोरता झलक रही थी। वह भारी, लगभग मर्दानी आवाज़ में बात कर रही थी, और जो थोड़े-बहुत वाक्य मैं सुन और समझ पा रहा था, उनका शब्दचयन व विन्यास इतना स्पष्ट था मानो वे उन्हें पढ़ रही थी। मगर मैं नहीं जानता कि उसके अंदाज़ में ऐसा क्या था जो उस ज़माने के पीगाल मुहल्ले के साथ सामंजस्य बिठा रहा था। हाँ, पहले मेरा अंदाज़ा था कि यह दम्पति, आस-पड़ोस के इलाके में, किसी डिस्को क्लब के मालिक थे। बल्कि 'वह महिला मालकिन होगी,' सोचा था मैंने। पुरुष ज़रूर रिटायर हो गया होगा। वह उसे बोलते हुए सुन रहा था। उसने अपनी जेब से एक सिगरेट-होल्डर निकाल लिया था और हल्के से ठोड़ी हिला कर जिस अंदाज़ में उसे मुँह में लगाया, उस स्वांग ने मुझे हैरान कर दिया था। थोड़ी देर के बाद, स्त्री उठकर खड़ी हो गई थी और उससे भारी खरखराती आवाज़ में एक-एक शब्द चबा कर कहा था, "अगली बार, आप मेरे भुगतान का ख़याल रखेंगे," और इस वाक्य ने मेरे मन में कुतूहल जगाया था। यह बात सख़्ती से कही गई थी, लगभग अविश्वास से और अगले ने अदब से सर हिलाया। फिर वह ठहरे हुए कदमों से कॉफ़ी हाउस से बाहर निकल गई थी, बगैर पलटकर देखे। और पुरुष, वह खिन्न दिख रहा था। मैंने अपनी नज़रों से उस स्त्री का पीछा किया था। उसने एक बरसाती पहनी हुई थी जिस पर फ़र की एक तह लगी थी। बाईं तरफ़ के फ़ुटपाथ से होते हुए उसने विक्तोर्र-मासे लिया था और मैं सोच रहा था कि कहीं वह ताबारैं के अन्दर तो नहीं जा रही थी। मगर नहीं। वह गायब हो गई थी। किसी होटल में, थोड़ा और नीचे की तरफ़? चाहे जो हो, वह संभवतः कोई होटल चलाती होगी, अथवा एक कैबरे या इत्र की दुकान। पुरुष, वह अपनी मेज़ पर ही बैठा रहा, सिर झुकाए, ख़यालों में गुम, होंठों के कोने से लटकती सिगरेट, मानो अभी-अभी उसे कोई दौरा पड़ा था। नियोन की रोशनी में, उसके चेहरे पर पसीने की और एक किस्म की उदासी की परत नज़र आ रही थी जो मैंने अक्सर उन पुरुषों के चेहरों पर गौर से देखी है जो स्त्रियों के सताये हुए होते हैं। अपनी बारी आने पर वह उठा। वह ऊँचे कद का था, पीठ पर ज़रा-सा कूबड़ था। शीशे के पार, मैंने उसे पीगाल मार्ग पर, मदमाती चाल से, उतरते हुए देखा। ऐसी थी मेरी पहली मुलाकात डॉक्टर

बूवियेर से। दूसरी मुलाकात, वह उसके करीब दस दिनों के बाद हुई होगी, एक दूसरे कॉफ़ी हाउस में, दौंफ़ेर्र–रोशरो की तरफ़। पेरिस एक बड़ा शहर है, लेकिन मेरा यकीन है कि वहाँ पर एक ही व्यक्ति से कई बार मुलाकात हो सकती है और अक्सर ये मुलाकातें ऐसी जगहों पर होती हैं, जहाँ कल्पना में भी दूर–दूर तक उनकी संभावना नहीं होती। मेट्रो में या कहीं रास्ते में चलते हुए...एक बार, दो बार, तीन बार, लगता है मानो किस्मत या फिर, इत्तफ़ाक ने ठान रखा हो कि इन मुलाकातों के आसार पैदा हों और हमारी ज़िन्दगी को एक नई दिशा मिल जाए, लेकिन अक्सर हम नियति की इस पुकार को अनसुना कर देते हैं। इस चेहरे को आप खो जाने देते हैं, और वह हमेशा के लिए अनजान रह जाता है। आपको राहत का एहसास तो होता है, लेकिन साथ ही एक मलाल भी रह जाता है।

मैं इस कॉफ़ी हाउस में सिगरेट ख़रीदने अन्दर आया था और काउंटर के सामने कतार लगी हुई थी। एकदम कोने में लगी दीवार घड़ी की सुइयाँ शाम के सात बजा रही थीं। उसके नीचे, एक मेज़ पर, जो लाल गद्दे से मढ़ी बेंचों से घिरी हुई थी, मैं बूवियेर को पहचान गया। वह कई लोगों से घिरा हुआ था, लेकिन वे कुर्सियों पर बैठे हुए थे। बूवियेर, अकेला, बेंच पर बैठा हुआ था, मानो यह ज़्यादा आरामदायक जगह उसे अधिकारस्वरूप मिली थी। उदासी और पसीने की परत, उसके चेहरे से गायब हो गई थी और होंठों के कोने से अब सिगरेट नहीं लटक रही थी। अब, यह उस दिन वाला आदमी नहीं था। इस बार, वह बोल रहा था, बल्कि उसे देखकर लग रहा था जैसे वह किसी सम्मेलन की अध्यक्षता कर रहा हो, जिसे बाकी लोग भक्ति से सुन रहे थे। उनमें से एक, विद्यार्थियों जैसी अभ्यास–पुस्तिका में कुछ लिख रहा था। कुछ लड़के और लड़कियाँ थे। मैं नहीं जानता कि किस तरह की उत्सुकता मुझ पर हावी हो गई, निस्संदेह उस रोज़ की शाम, उस प्रश्न का उत्तर देने की आकांक्षा, जो मैं स्वयं से पूछता था : कैसे भला कोई व्यक्ति इस हद तक बदल सकता है कि वो पीगाल में मौजूद रहे या कि फिर दौंफ़ेर्र–रोशरो में ? मैं हमेशा से पेरिस के रहस्यों के प्रति बहुत संवेदनशील रहा था।

उनके बगल वाली मेज़ पर, मैंने बेंच पर बैठने का निर्णय किया जिससे बूवियेर के और ज़्यादा करीब रह सकूँ। मैंने गौर किया कि उन सभी ने कॉफ़ी पी थी और मैंने भी अपने लिए कॉफ़ी मँगवाई। उनमें से किसी ने भी मेरी तरफ़ ध्यान नहीं दिया था। बूवियेर का प्रवाह उस वक्त भी भंग नहीं हुआ जब मैंने मेज़ खींची थी। मेज़ के पैर से टकराकर मैं लड़खड़ाया था और धम्म से बेंच पर जा गिरा था, उसके बगल में। मैं उसे ध्यान लगाकर सुन रहा था लेकिन मुझे समझ में नहीं आ रहा था कि वह क्या कह रहा था। उसके मुँह से निकलते कुछ शब्दों का अर्थ वह नहीं था जो रोज़मर्रे के जीवन में होता है। मैं हैरान था इस बात पर कि उसने अपने श्रोताओं को किस कदर बाँध रखा था। वे सभी उसके उपदेश का रसपान कर रहे थे और स्कूली अभ्यास-पुस्तिका वाले शख़्स का लिखते जाना जारी था। कुछ-कुछ देर पर वह रहस्यपूर्ण टिप्पणियों से लोगों को हँसा रहा था, जो ज़रूर सांकेतिक शब्दों की तरह उसके मुँह से निकल रहे होंगे। अगर मुझमें इस बात का हौसला होगा, तो मैं उसकी शिक्षा पद्धति के सबसे विशिष्ट लक्षणों को याद करने की कोशिश करूँगा। जिन शब्दों का वह प्रयोग कर रहा था उनसे मेरा कोई नाता नहीं था। न तो इन शब्दों ने दिल का कोई तार छेड़ा, न ही झकझोड़ा मुझे, न तो उनकी कोई प्रतिध्वनि मिली न कोई स्फूर्ति। मेरी स्मृति में उनका नाद एक घिसे-पुराने वाद्ययंत्र के स्वरों की तरह पथरीला और उदास-सा है। हालाँकि, अब जब डॉक्टर बूवियेर की आवाज़ उनमें कोई जान नहीं फूँक रही थी, वे महज़ कुछ बुझे हुए शब्द भर हैं जिनका अर्थ निकालना मेरे लिए मुश्किल है। मुझे यकीन है कि बूवियेर उन्हें सुदूर पूर्व के दार्शनिकों और मनोविश्लेषकों से उधार लेता था, लेकिन जिन विषयों के बारे में मुझे मालूम नहीं है, मैं उनमें भटकना नहीं चाहूँगा।

अंततः वह मेरी तरफ़ मुड़ा और उसे मेरी उपस्थिति का भान हुआ। पहले, वह मुझे देख नहीं रहा था और फिर मुझ पर आँखें गड़ाये उसने अपने श्रोताओं से एक सवाल पूछा, मसलन : "आप समझ रहे हैं, जो मैं कहना चाह रहा हूँ।" उस वक्त मुझे उस झुण्ड में घुल-मिल जाने का-सा एहसास हुआ और मैंने सोचा कि क्या बूवियेर के लिए उन लोगों में और मुझमें कोई अंतर था। मुझे यकीन था कि इस कॉफ़ी हाउस में, इसी मेज़ के इर्द-गिर्द, उसके श्रोतागण बदलते

रहते होंगे और अगर मुट्ठीभर उसके वफ़ादार होंगे—करीबियों का घेरा—तो निस्संदेह सप्ताह की हर शाम, एक के बाद एक, अनेक मंडलियों का जमघट लगता होगा। मैं सोच रहा था कि वे सारे चेहरे, सारे झुण्ड गड्डमड्ड हो रहे हैं। एक ज़्यादा, एक कम...वैसे, कभी-कभी लग रहा था मानो वह ख़ुद से बातें कर रहा था, जैसे वह एक अभिनेता है जो बेनाम लोगों के सामने एकालाप कर रहा हो...जब उसे महसूस होता कि उसके इर्द-गिर्द लोगों का मनोयोग हद से पार हो रहा है तब वह सिगरेट का कश इतनी ज़ोर से भरता था कि धुआँ बाहर छोड़ने से पहले उसके गाल धँस जाते थे, वह ख़ुद को थोड़ी देर के लिए रोक लेता था यह निश्चित करने के लिए कि सभी उसकी वाणी से बँधे हुए हैं। उस पहली शाम को, मैं बैठक ख़त्म होने के वक्त पहुँचा था। पौन घंटा बीतने पर, वह ख़ामोश हो गया, उसने अपने घुटनों पर एक पतला काले रंग का ब्रीफ़केस रखा हुआ था—उसी परिष्कृत मार्के वाला जैसा कि फ़ोबूर्ग सैंतओनोरे की चमड़े की दुकानों में मिलता है। उसमें से, उसने एक दैनंदिनी (डायरी) निकाली जिसकी ज़िल्द लाल चमड़े से मढ़ी हुई थी। उसने उसके पन्ने पलटे। अपने सबसे नज़दीक बैठे बाज जैसे चेहरे वाले लड़के से कहा, "अगले शुक्रवार को आठ बजे ज़ेय्येर में।" और दूसरे वाले ने अपनी कॉपी में नोट कर लिया। पहली नज़र में, कहा जाएगा कि वह लड़का ज़रूर उसके सचिव का काम करता होगा और मैंने अनुमान लगाया कि अधिसूचनाएँ भेजने की ज़िम्मेदारी उसकी थी। बूवियेर, फिर से मेरी तरफ़ मुड़ते हुए, उठकर खड़ा हुआ। उसने मुझ पर एक आश्वासन भरी मुस्कान डाली, शायद मुझे प्रोत्साहित करने के लिए कि उनकी बैठकों में शामिल होऊँ। एक मुक्त श्रोता की हैसियत से? बाकी सब भी उसी अंदाज़ से उठ कर खड़े हुए। मैं उनकी गतिविधियों का अनुसरण करता रहा। बाहर, दौंफ़ेर्र-रोशरो चौक पर, वह एक झुण्ड के बीच में खड़ा था, हर एक से कहने के लिए उसके पास कुछ था, दर्शन के उन प्राध्यापकों की तरह, कुछ बोहिमियाई प्रवृत्ति वाले, जिनकी अपने सबसे प्रतिभावान शिष्यों के साथ कक्षा समाप्त होने पर और देर रात तक, चाय-पान की आदत होती है। और मैं, मैं इस झुण्ड में था। वे उसके साथ उसकी गाड़ी तक गए। एक सुनहरे बालों वाली लड़की जिसके पतले व कठोर चेहरे ने मेरा ध्यान खींचा था, उसके बगल में

चल रही थी, और लग रहा था कि इस लड़की के साथ बूवियेर की अंतरंगता बाकी लोगों की तुलना में कहीं अधिक थी। उसने उसी रंग की बरसाती पहन रखी थी, जैसी पीगाल पर, उस स्त्री ने पहनी थी लेकिन इसकी बरसाती पर फ़र की तह नहीं लगी हुई थी। और उस रोज़ शाम को, ठंड हो रही थी। एक बार तो, उसने स्त्री की बाँह थाम ली और बाकी सब इस बात पर हैरान नहीं दिख रहे थे। अपनी गाड़ी के आगे पहुँच कर, उन लोगों में फिर से कुछ बातचीत का आदान-प्रदान हुआ। मैंने थोड़ी दूरी बना रखी थी। अपने सिगरेट होल्डर को मुँह में लगाने के उसके अंदाज़ में वो नफ़ासत नहीं थी, जिससे मैं पीगाल में, प्रभावित हुआ था। बल्कि उसके विपरीत, बरसाती में सुनहरे बालों वाली लड़की उसके इतने करीब थी कि उनके कंधे आपस में छू रहे थे। उसका चेहरा और ज़्यादा कठोर होता जा रहा था, कहें तो लग रहा था जैसे वह बाकियों को दूर रखना चाह रही थी और उन्हें यह एहसास कराना चाह रही थी कि बूवियेर के लिए वह एक ख़ास दर्जा रखती है।

वह अपनी गाड़ी में इस लड़की के साथ चढ़ा, लड़की ने ज़ोर से दरवाज़ा बन्द किया। खिड़की से झाँकते हुए उसने उस झुण्ड से विदा लेने के अंदाज़ में हाथ हिलाया, लेकिन चूँकि उस वक्त उसने अपनी नज़रें मुझ पर टिका रखी थीं, मुझे ऐसा भ्रम हुआ जैसे वह भंगिमा सिर्फ़ मुझको संबोधित थी। मैं फ़ुटपाथ के किनारे पर था और मैं उसकी तरफ़ थोड़ा झुका। लड़की ने मुझको मुँह बिगाड़ कर देखा। वह गाड़ी चालू करने की तैयारी कर रही थी। मुझे चक्कर-सा आया। मेरा मन कर रहा था कि उसकी गाड़ी के शीशे पर थपथपाऊँ और बूवियेर से कहूँ, "आप मेरे भुगतान की बात भूले तो नहीं हैं?" उस दिन शाम को पीगाल में, इस वाक्य ने मुझे इस कदर झंझोड़ दिया था। इस बात से मैं निराश था कि इतने सारे और शब्दों और इतने सारे अचंभित चेहरों के बीच यह एक रहस्य ही रह जाएगा, जो आपकी स्मृति में सुदूर एक तारे की टिमटिमाहट की तरह चमकते रहेंगे, आपकी मृत्यु के दिन बुझ जाने से पहले, बगैर अपना रहस्य उजागर किए।

मैं वहीं पर रहा, फ़ुटपाथ पर, उस झुण्ड के बीचोंबीच। मैं परेशान था।

उनसे क्या कहना है, मैं नहीं जानता था। आख़िरकार, उस बाज़ सरीखी शक्ल वाले शख़्स को देखकर मैं मुस्कुराया। शायद वह बाकी लोगों से ज़्यादा लम्बे समय से उसके बारे में जानता हो। मैंने उससे एकदम से पूछ लिया कि वह युवती कौन थी जो अभी-अभी बूवियेर के साथ गाड़ी में निकली थी। उसने लेशमात्र भी अचरज ज़ाहिर किए बिना मुझे गंभीर व मधुर स्वर में जवाब दिया कि उसका नाम जेनवियेव था। जेनवियेव दालाम।

मैं याद करने की कोशिश कर रहा हूँ कि दुर्घटना वाली रात को, मैं इतनी देर तक पिरामिड चौक पर, क्या कर रहा होऊँगा। यहाँ पर मैं यह ज़िक्र करना चाहूँगा कि उन दिनों, हर बार जब भी मैं दाहिने घाट वाले मुहल्लों को छोड़ कर जाता था, तब मुझे ख़ुशी होती थी, जैसे अपनी तंद्रा से जागने के लिए बस इतना काफ़ी था कि मैं सेन नदी पार कर जाऊँ। हवा में अचानक ऊर्जा-सी थी। आख़िरकार मेरे साथ कुछ होने वाला था।

निस्संदेह मेरे लिए भौगोलिक स्थिति बहुत ही ज़्यादा मायने रखती है। मैं अक्सर ख़ुद से पूछता था कि कुछ बरसों के अन्तराल में, वे जगहें, जहाँ पर मैं अपने पिता से मिला करता था, वे आहिस्ता-आहिस्ता शौंज़-एलिज़े से पौर्त्त द'औरलेयों की तरफ़ सरकती चली गई थीं। मुझको यहाँ तक याद है कि अपने होटल के कमरे में, जो व्आ-वेर्त्त मार्ग पर स्थित था, उसमें मैंने पेरिस शहर का नक्शा भी बिछा रखा था। लाल स्याही वाली कलम से, मैं उस पर निशान लगाता रहता था जो मेरे लिए दिशा-निर्देश के काम आता था। इन सब की शुरुआत उस जगह पर हुई थी जो 'एत्वाल' के (एत्वाल यानी सितारा, शौंज-एलिज़े पर बारह सड़कों का समागम स्थल सितारे की तरह दिखता है) गुरुत्वाकर्षण का केन्द्र था, पश्चिम दिशा में, बोलौन्य उपवन की तरफ़ निकलने वाले रास्ते पर। फिर शौंज़-एलिज़े की सड़कों पर। हम लोग ल'औपेरा के मुहल्ले की तरफ़ सरक गए थे। और नीचे, पाले-रौय्याल की तरफ़ : कुछ महीनों के लिए—ख़ासा लम्बा वक्त क्योंकि मेरे ख़याल से इस उपक्रम में उन्होंने एक निश्चित बिन्दु ढूँढ लिया था—मैं अपने पिता से मिलने के लिए रैयूक-उनिवेर्र आया करता था। हम एक सरहद के नज़दीक होते जा रहे थे, जिसे मैं इस नक्शे की हद में बाँधना चाहता था। रैयूक के बाद, कोरोना कैफ़े हमारा अड्डा बन गया था, जो सैं-जरमैं-ल'ओक्सेरेवा और लूव्र घाट का कोना बनाता है। कोरोना में वे हमेशा मुझे रात के नौ बजे मिलने के लिए बुलाते थे। कॉफ़ी हाउस बन्द होने वाला था।

कोरोना में हम लोग इकलौते ग्राहक थे। अब घाट पर ज़्यादा आवाजाही नहीं थी और हमें हर पौन घंटे पर सैं-जरमैं-ल'ओक्सेर्रवा के घंटे की गूँज सुनाई दे रही थी। यही वो पल था जब पहली बार मेरा ध्यान, उनके उधड़े सूट, गहरी नीली बरसाती के टूटे बटनों पर गया था। लेकिन जूते पॉलिश से चमचमा रहे थे। मैं ये तो नहीं कहूँगा कि वे काम के अभाव में किसी गाने-बजाने वाले जैसे लग रहे थे। नहीं, बल्कि कारावास में कुछ दिन काट लेने के बाद किसी 'आवारा' जैसे। काम-धंधा दिन-ब-दिन मुश्किल होता जा रहा था। युवावस्था का तेज और स्फ़ूर्ति खो गई थी। सैं-जरमैं-ल'ओक्सेर्रवा से, हम लोग पौर्त्त द'औरलेयों जा पहुँचे थे। और फिर एक आख़िरी बार मैंने उनके साये को, नवम्बर की धुँध भरी सुबह में—एक घने कोहरे में—आँखों से ओझल होते हुए देखा, मोंरूज और शातीयों के इलाके में। वह एकदम सीधे इन दो इलाकों की तरफ़ जा रहे थे, इन दोनों इलाकों में एक किला है जहाँ पर पौ फटने से पहले लोगों को गोली मारी जाती थी। ऐसा मेरे साथ अक्सर हुआ था, कुछ समय बाद से, कि मैं उल्टे रास्ते पर चल पड़ता था। रात के नौ बजे के करीब, पों देज़ आर्र पुल से सेन नदी पार करके, बाएँ घाट से निकल जाता था और मैं कोरोना में होता था। लेकिन इस बार, मैं अकेला था, कोने में लगी एक मेज़ पर और गहरी नीली बरसाती पहने इस शख़्स से कुछ कहने के लिए मुझको अब शब्द तलाशने की ज़रूरत नहीं थी। मैं राहत महसूस करने लगा था। मैं अपने पीछे, नदी के दूसरे किनारे पर एक दलदली ज़मीन छोड़ आया था, जहाँ पर मैं भारी कदमों से चलता था। अब मैंने ठोस ज़मीन पर अपने पैर जमा लिए थे। यहाँ पर, बत्तियाँ ज़्यादा चमकीली थीं। मुझे नियोन लाइट की चींचीं सुनाई दे रही थी। अभी थोड़ी देर में, मैं खुली हवा में टहलूँगा, भड़कीली दुकानों के सामने से गुज़रते हुए, कौंकौर्द चौक तक। रात निर्मल और निःस्तब्ध होगी। भविष्य मेरे आगे अपने रास्ते खोल देगा। कोरोना में, मैं अकेला था और मुझे सैं-जरमैं-ल'ओक्सेर्रवा के घंटे हर पंद्रह मिनट पर बजते सुनाई दे रहे थे। मैं बूवियेर की बैठकों और उसके शिष्यों के बारे में सोचने से ख़ुद को रोक नहीं पाया, जिनमें से कुछेक में मैंने हिस्सा लिया था, बीते सप्ताहों में। हाँ, उनका आयोजन हमेशा किन्हीं कॉफ़ी हाउस में होता था, दौंफ़ेर्र-रोशरो के आस-पास। सिवाय एक शाम के, और नीचे की तरफ़, आलेज़िया

मार्ग, अंतिम पड़ाव पर, जहाँ पर एकाध बार मैं अपने पिता से मिला था। उस रोज़ शाम को, मैंने उनकी और बूवियेर के बीच एक मुलाकात की कल्पना की थी। दो अलग दुनिया। बूवियेर थोड़ा सिद्धान्तवादी बात करने वाला, डिग्रियों से लदा, और अपनी 'डॉक्टर' की उपाधि की ढाल पहने, एक गुरु। मेरे पिता, निर्भीक और जिनकी एकमात्र शिक्षा-दीक्षा सड़कों पर हुई थी। दोनों के दोनों ठग, अपने-अपने अंदाज़ में।

आख़िरी बार, बूवियेर ने अनेक पाठों की कई प्रतियाँ बनाकर बाँटी थीं और मुझे उस बाज-सी शक्ल वाले लड़के से यह जानकारी मिली थी कि ये पाठ, जाने कौन से विश्वविद्यालय में या किस उच्च शिक्षण संस्था में पढ़ाता था। वे लोग सारी कक्षाओं में हाज़िर रहते थे लेकिन मुझको, सच में, कतार में, बाकी लोगों के बीच स्कूल की एक बेंच पर होने का मन ज़रा भी नहीं था, छात्रावास और बैरकों का अनुभव मेरे लिए काफ़ी था। उस शाम को, जब बाज़ ने कार्बन कॉपियाँ वितरित की थीं, उस समय बूवियेर मखमल से मढ़ी हुई बेंच पर विराजने का उपक्रम कर रहा था, तब मैंने उसे हाथ के इशारे से, चुपके से बताया था कि मुझे उनकी ज़रूरत नहीं थी। बाज़ ने मुझे उलाहना भरी नज़रों से देखा। मैं उसे दुखी नहीं करना चाहता था। अतः मैंने एक प्रति ले ली थी। बाद में, अपने कमरे में, मैंने उसे पढ़ने की कोशिश की थी और पहले पन्ने से आगे पढ़ पाने में, मैं असमर्थ था। मुझे तब भी बूवियेर की आवाज़ सुनने का-सा एहसास हो रहा था। जो न स्त्रियोचित थी न पुरुषोचित। उस आवाज़ में कुछ था, कुछ बेस्वाद और कुछ बासी-सा, जिसका मेरे ऊपर कोई प्रभाव नहीं था लेकिन औरों के दिल को धीरे-धीरे बेंधता होगा, उन्हें मंत्रमुग्ध करता होगा और यह आदमी उन्हें वशीभूत कर लेता होगा। कल दोपहर में, मेरी स्मृति में उसके चेहरे के नैन-नक्श उभर आए, इतने सुस्पष्ट जैसे चित्र में होते हैं। गाल की ऊँची हड्डियाँ, हल्के रंग की छोटी आँखें एकदम धँसी हुईं। कंकाल जैसा। मोटे लटके होंठ। और आवाज़ इतनी ठंडी और सपाट...मुझे याद है कि उस दौर में उसके जैसे चेहरे और भी थे, आध्यात्मिक गुरु, प्रवचन देने वाले और पंथ जिनकी खोज में मेरी उम्र के लोग रहते थे, किसी राजनीतिक सिद्धान्त, कठोर धर्मसिद्धान्त, एक खेवनहार की तलाश में जिसके लिए वे अपना शरीर और अपनी आत्मा समर्पित

कर दें। मैं ठीक से नहीं जानता कि कैसे मैं इन ख़तरों से बच निकला। मैं भी उतना ही कमज़ोर था, उतनी ही आसानी से प्रभावित हो सकता था जैसे बाकी लोग थे। कुछ भी मुझे उन गुमराह श्रोताओं से अलग नहीं करता था जो बूवियेर के इर्द-गिर्द घेरा बनाये रहते थे। मुझे भी निश्चितता की ज़रूरत थी। जाने कौन-सा चमत्कार था वह कि मैं इस जाल में नहीं फँसा? इसका श्रेय मेरे आलसीपन और मेरी बेफ़िक्री को जाता है। और शायद मेरी सरलता को भी जो मुझे ज़मीनी हकीकतों से जोड़े रखती थी। हाँ, यह आदमी एक गुलाबी टाई पहनता था। और उस स्त्री के इत्र में रजनीगंधा की ख़ुशबू थी। कार्नो एवेन्यू ढलान वाली सड़क है। क्या आपने कभी ग़ौर किया है कि कुछ सड़कें ऐसी होती हैं, जहाँ ढलती दोपहर में, धूप सीधी आपकी आँखों में चुभती है? लोग मुझे मूर्ख समझते थे।

~

मैंने उन सभी को बहुत निराश किया होता अगर मैं उनके सामने यह ज़ाहिर कर देता कि उनकी बैठकों में उपस्थित होने की मेरी वजह क्या थी। उन लोगों के बीच मेरी नज़र किसी ऐसे पर पड़ गई थी जो मुझे अन्य सभी से ज़्यादा दिलचस्प लगी थी, कोई थी हेलेन नावाशीन। काले बालों व नीली आँखों वाली एक लड़की। वह अकेली थी जो कुछ लिखती नहीं थी। वह सुनहरे बालों वाली लड़की जो हर वक्त बूवियेर के साये में रहती थी, वह उसे शक की नज़र से देखती थी, मानो वह उसकी प्रतिद्वन्द्वी हो सकती थी, जबकि बूवियेर कभी भी उस पर ध्यान नहीं देता था। यह हेलेन नावाशीन, ज़ाहिर तौर पर, इस समूह के किसी सदस्य को नहीं जानती थी और उनसे बात भी नहीं करती थी। बैठकों की समाप्ति पर, मैं उसे अकेले जाते हुए देखता था, चौक पार करते हुए और मेट्रो के मुहाने में समा जाते हुए। एक शाम, उसने अपने घुटनों पर संगीत सिद्धान्त की एक पुस्तिका रखी हुई थी। बैठक के बाद, मैंने उससे पूछा था कि क्या वह संगीतज्ञ है और हम दोनों साथ-साथ कुछ दूर चले थे। वह अपना गुज़ारा चलाने के लिए पियानो बजाना सिखाती थी, लेकिन वह पूरी आस लगाये थी कि संगीत महाविद्यालय में उसका दाख़िला हो जाएगा। उस दिन शाम को, मैं

मेट्रो में उसके पीछे-पीछे गया था। उसने मुझसे कहा था कि वह गार द लियों के पास रहती है और आख़िर तक उसका साथ देने के लिए मैंने उस मुहल्ले में किसी से मुलाकात का एक बहाना गढ़ लिया था। कुछ सालों बाद, मेट्रो की इसी लाइन पर, दौंफ़ेर्र तथा प्लास द'इताली के बीच में, एक पल को मैंने उम्मीद की कि वक्त ठहर गया है और मैं फिर से वहीं था, हेलेन नावाशीन के बगल में, बेंच पर बैठा हुआ। इसलिए, ख़ालीपन का एक ज़बरदस्त एहसास मुझ पर हावी हो गया और ख़ुद को दिलासा देने के लिए मैंने सोचा कि ऐसा इसलिए हुआ क्योंकि मेट्रो सड़क और इमारतों की कतार के ऊपर से गुज़र रही थी। जैसे ही मेट्रो फिर ज़मीन के अंदर चली जाएगी, मुझको यह शून्यमनस्कता और भ्रम की अनुभूति नहीं होगी। सब कुछ विधिवत हो जाएगा, दिन प्रतिदिन की अपनी उसी आश्वस्त करने वाली एकरसता में। उस दिन शाम को, हम दोनों के इर्द-गिर्द बोगी में लगभग कोई भी नहीं था। बिलकुल भीड़ के निकलने के बाद का वक्त था। मैंने उससे पूछा था कि वह बूवियेर की बैठकों में क्यों शामिल होती है। उसके बारे में बग़ैर किसी जानकारी के, उसने हिन्दुस्तानी संगीत पर उसका लिखा एक लेख पढ़ा था, जिसने उसके ज्ञान की सीमाओं को विस्तार दिया था, लेकिन इस व्यक्ति ने उसे थोड़ा निराश किया था और उसकी 'शिक्षा' इस लेख के अनुरूप नहीं थी। अगर मैं चाहता तो वह मुझको यह पढ़ने के लिए देगी। और मैं, किन रास्तों ने मुझे दौंफ़ेर्र-रोशरो के झुण्डों तक पहुँचा दिया था? एक मामूली सी उत्सुकता ने। डॉक्टर बूवियेर मेरे अंदर कुतूहल जगाते थे। मैं उनके बारे में और ज़्यादा जानने का इच्छुक था। कैसा होगा डॉक्टर बूवियेर का जीवन? वह मुस्कुरायी। उसने भी ख़ुद से यह सवाल किया था। पहली नज़र में, वह शादीशुदा नहीं लगा था और अपनी कुछ ख़ास शिष्याओं में उसे दिलचस्पी थी। लेकिन क्या वास्तव में उसकी भावनाएँ ऐसी थीं? इन लड़कियों की गढ़न हमेशा एक-सी होती थी : बेहद गोरी, सुनहरे बाल, रहस्यवाद की हद तक ईसाई युवतियों जैसा कठोर रूप-रंग। शुरुआत में, इन सब चीज़ों ने उसे विचलित किया था। उसे महसूस होता था जैसे, इन बैठकों में, कुछ लड़कियाँ उसे हिकारत भरी नज़रों से देखती थीं और समझती थीं कि वह उनके स्तर की नहीं हैं। सो, हम लोग एक-दूसरे को समझने के लिए बने हैं। मेरा भी कभी किसी भी चीज़

के साथ सामंजस्य नहीं बैठा था। मैं सोच रहा था कि वह ज़रूर मेरे ही जैसी होगी, पेरिस शहर में थोड़ी गुम-सी, बग़ैर किसी पारिवारिक बंधन के, एक सिरे की तलाश में जो उसके जीवन को दिशा दे सके और इस क्रम में कभी-कभी डॉक्टर बूवियेर सरीखे लोगों से टकराते हुए। बूवियेर के संबंध में एक जानकारी ने हम दोनों को बहुत चौंकाया था। बीते सप्ताह की किसी एक बैठक के दौरान, उसका चेहरा सूजा हुआ था, मानो उसके चेहरे पर किसी ने घूसा मारा हो : एक आँख नीली पड़ी हुई थी और नाक और गर्दन के चारों तरफ़ नील पड़ा हुआ था। उसने इस बात का ज़रा-सा भी आभास नहीं होने दिया कि उसके साथ क्या घटित हुआ था और आँखों में धूल झोंकने के लिए वह सामान्य तौर से ज़्यादा ही प्रफुल्लित था। वह अपने श्रोताओं से वार्तालाप कर रहा था और बार-बार हमसे पूछ रहा था कि जो वह कह रहा है वह सब कुछ हमारी समझ में आ रहा है या नहीं। पूरी गोष्ठी के दौरान सिर्फ़ वह बाज-सी शक्ल वाला सचिव और सुनहरे बालों वाली गोरी-चिट्टी लड़की ही उसे फ़िक्र भरी नज़रों से देख रहे थे। गोष्ठी सम्पन्न होने पर, सुनहरे बालों वाली लड़की ने उसके चेहरे पर पट्टी बाँधी थी और बूवियेर मुस्कुराते हुए उससे सेवा-सुश्रूषा करवा रहा था। किसी ने उससे एक सवाल पूछने तक की मजाल नहीं की थी। ''आपको यह थोड़ा अजीब नहीं लगता?'' हेलेन नावाशीन ने मुझसे पूछा। उन लोगों जैसे शांत और मायूस स्वर में, जिन्हें बचपन से ही वाकई कोई भी चीज़ हैरान नहीं करती। मैं उससे उस औरत का ज़िक्र करने ही जा रहा था, जिसे मैंने पीगाल में बूवियेर के साथ देखा था, लेकिन मैं कल्पना नहीं कर पा रहा था कि उसने बूवियेर की इस कदर पिटाई की होगी। जहाँ तक ऐसी पिटाई का सवाल है, किसी अन्य स्त्री ने भी नहीं की होगी। नहीं, यह ज़रूर कुछ और था, कुछ ज़्यादा पाशविक, कुछ ज़्यादा संदेहास्पद। डॉक्टर बूवियेर के जीवन का एक पक्ष अंधकारमय था, संभवतः एक राज़ जो उसकी नज़रों में शर्मनाक था। मैंने कंधे उचकाये और हेलेन नावाशीन से कहा कि यह पेरिस शहर के रहस्यों में से एक है।

वह गार द लियों के सामने वाली इमारतों के ब्लॉक में रहती थी। मैंने उससे स्पष्ट किया कि मेरी किसी से मुलाकात तय थी और मैं एक घंटे पहले आ गया था। वह ख़ुशी से मुझे अपने घर ले जाती ताकि मैं बाहर इंतज़ार करने

से बच जाऊँ। बदकिस्मती से, उसकी माँ को यह बर्दाश्त नहीं होता कि वह किसी अजनबी को बिना बताये अचानक एमीली–जिल्बेर के 5 नम्बर के उनके छोटे से फ़्लैट में ले आती।

~

अगली बैठक में मेरी मुलाकात हेलेन नावाशीन से हुई। डॉक्टर बूवियेर के चेहरे पर के नील करीब–करीब गायब हो चुके थे और अब सिर्फ़ उसके बाएँ गाल पर एक जख़्मपट्टी (बैंडेड) लगी हुई थी। किसी को कभी भी पता नहीं चलेगा कि किसने उसका चेहरा इस कदर जख्मी कर दिया था। वह कुछ नहीं उगलेगा। यहाँ तक कि वह सुनहरे बालों वाली युवती, जो हर बार उसके साथ उसकी गाड़ी में चढ़ती थी, उसे भी इस बारे में कुछ पता नहीं चलेगा, मुझे इस बात का यकीन था। लोग अपना राज़ दिल में दबाये हुए ही गुज़र जाते हैं।

उस दिन शाम को, मैंने हेलेन नावाशीन से पूछा था कि उसकी हिन्दुस्तानी संगीत में इतनी रुचि क्यों है। वह कहती थी कि एक बोझ, जिसके तले वह दबी रहती थी उससे मुक्त होने के लिए और अंतत: एक ऐसे लोक में पहुँचने के लिए, जहाँ स्वच्छ और हल्की हवा में साँस ले सके, वह अक्सर यह संगीत सुनती थी। और फिर यह एक अनुच्चरित संगीत था। उसे नर्म हवा और शांति की ज़रूरत थी। मैं उससे सहमत था। जब वह पियानो सिखाने जाती थी तब मैं उसके साथ जाता था। उसके ज़्यादातर शिष्य सातवें ज़िले में थे। मैं टहलते हुए उसका इंतज़ार करता था, या फिर, बारिश या बर्फ़ वाली दोपहरों में, मैं उस बिल्डिंग के सबसे नज़दीक वाले कॉफ़ी हाउस में पनाह ले लेता था जहाँ वह पियानो सिखाने के लिए जाती थी। एक घंटे की क्लास होती थी। हर दिन तीन या चार अभ्यास सत्र होते थे। इस तरह से अंतराल में, मिलिट्री स्कूल की खाली पड़ी कोठियों के किनारे मैं ख़ुद को अकेला पाता था। मैं डरता था कि कहीं मेरी याददाश्त न खो जाए और मैं भटक न जाऊँ और अपना रास्ता पूछने की हिम्मत भी न हो। राहगीर नहीं के बराबर थे और मैं उनसे कहाँ जाने का रास्ता पूछता? एक दिन दोपहर में, सेगूर मार्ग के छोर पर, पंद्रहवें ज़िले में, घबराहट मुझ पर

हावी हो गई थी। मुझे महसूस हो रहा था जैसे मैं इस कोहरे में जो बर्फ़-बारी का ऐलान कर रहा था, पिघल जाऊँगा। मैं चाहता था कि कोई मेरी बाँह थाम लेता और मुझे दिलासा देने वाले बोल बोलता, ''मगर नहीं, कुछ भी नहीं है मेरे दोस्त...ज़रूर तुम्हारी नींद पूरी नहीं हुई है...चलो एक कोन्याक पीते हैं...ये गुज़र जाएगा...'' मैं छोटे-छोटे ठोस ब्यौरों से जुड़े रहने की कोशिश कर रहा था। उसने मुझसे कहा था कि पियानो सिखाने के लिए वह अपनी ज़िन्दगी को उलझाती नहीं थी। वह उन्हें वही एक टुकड़ा सिखाती थी। उसका नाम था ह्यूमेल का 'ल बोलेरो'। एक दिन शाम को उसने मेरे लिए पियानो पर यह धुन बजाई थी। अभी फिर मैं उससे यह धुन गुनगुनाने के लिए कहूँगा। बेहतर था कि मैं उसका इंतज़ार उस इमारत के सामने करूँ जिसमें वह पियानो सिखाने के लिए जाती थी। अजीबोगरीब मुहल्ला था...एक रहस्यमय मुहल्ला, बूवियेर अपने ठंडे और शुष्क स्वर में कहता। कैसी कमज़ोरी थी यह मेरी कि अपनी अन्तरात्मा को तुष्ट करने के लिए इस तरह स्वयं को बह जाने दे रहा था। मैं अपना हौसला खो बैठूँ उसके लिए बस इतना काफ़ी था कि सेग्यूर-सूफ़रेन चौक पर, बर्फ़ीले मौसम का ऐलान करने वाला कुहासा थोड़ा-सा और गहरा जाए। सच में, मैं प्रकृति का छोटा-सा रूप था। क्या यह उस रोज़ दोपहर को गिरती हुई बर्फ़ की स्मृति थी, जब हेलेन नावाशीन इमारत से बाहर निकली, लेकिन हर बार जब मैं अपने जीवन के इस दौर को याद करता हूँ, मुझे बर्फ़ की महक का एहसास होता है—बल्कि ऐसी ठंडक महसूस करता हूँ जो आपके फेफड़ों को जमा देती है और फिर ईथर की गंध और उस गंध में फ़र्क करना मेरे लिए मुश्किल हो जाता है। एक दिन दोपहर में, अपने पियानो सत्र के बाद, वह जमी हुई बर्फ़ की सिल्ली पर फिसल गई थी और गिरते वक्त उसके हाथ में चोट लग गई थी। हाथ कट गया था जिसकी वजह से खून निकल रहा था। थोड़ा नीचे की तरफ़ हमने एक दवाख़ाना खोज लिया था। मैंने रूई और ईथर की शीशी माँगी, स्पिरिट के बजाय। मैं नहीं मानता कि यह मेरी ओर से हुई ग़लती थी। हम दोनों एक बेंच पर बैठे हुए थे, उसने शीशी का ढक्कन खोल दिया था और अपने कटे हाथ पर लगाने के लिए जिस वक्त वह रूई को उसमें भिगा रही थी, मुझे ईथर की महक आई, इतनी तेज़ और जिससे मैं, बचपन से, इतनी भली-भाँति परिचित

था। मैंने वह नीली शीशी अपनी जेब में रख ली थी, लेकिन वह गंध तब भी हमारे इर्द-गिर्द हवा में तैरती रही। गार द लियों के मुहल्ले के होटल के कमरों में वह महक समा गई थी, जहाँ जाने के हम आदी थे। ऐसा उसके घर वापस लौटने से पहले होता था या फिर रात के नौ बजे जब वह मुझसे मिलने के लिए वहाँ आती थी। इन होटलों के रिसेप्शन पर आसामियों से काग़ज़ात नहीं माँगे जाते थे। स्टेशन नज़दीक होने की वजह से बहुत ज़्यादा लोगों की आवाजाही रहती थी वहाँ पर। ऐसे असामी होते थे जो ज़्यादा देर तक कमरों में नहीं ठहरते होंगे और जिन्हें कुछ ही देर में ट्रेन कहीं और ले जाती होगी। परछाइयाँ थीं। हमारी तरफ़ एक फ़ॉर्म बढ़ा दिया जाता था,...जिस पर हमें अपना नाम और पता लिखना होता था, मगर वे कभी उसकी पुष्टि नहीं करते थे कि वे नाम और वह पता पासपोर्ट या पहचान-पत्र से मेल खाता था या नहीं। मैं ही हमेशा हम दोनों के लिए वे फ़ॉर्म भरता था। मैंने उनमें अलग-अलग नाम और पता लिखा...और आहिस्ता-आहिस्ता, मैं उन्हें एक डायरी के पन्ने पर लिखता रहा ताकि अगली बार नाम बदल कर लिखूँ। मैं अपने कदमों के निशान और अपने जन्म की तारीख मिटा देना चाहता था, क्योंकि हम दोनों में से एक नाबालिग था। पिछले साल एक पुराने फ़ाइल फ़ोल्डर में मुझे यह पन्ना मिला, जिस पर मैंने अपनी गलत पहचान की सूची बना रखी थी—

जॉर्ज आक्काद	28, रोशफ़ूको मार्ग, पेरिस-9
इवेत्त दैंतीयाक	75, लोजिये मार्ग
औंद्रे गाबीसों	17 जॉर्ज हुवान मार्ग, मद्रीद
जौंमोरीस जेडलिंस्की एवं मारीहोसे वास्स	कासा मोंताल्वो, बीयारिट्ज़
जाक पीश	2 औलियिनस्ट्रास, स्टेगलिट्ज़,बर्लिन
पात्रिक द तेरूआन	21, बेर्लियोज़ मार्ग, नीस
सूज़ी क्राय	98, विज़ेल मार्ग, एमस्टरडम

किसी ने मुझसे कहा था कि हर होटल ये फ़ॉर्म पुलिस टीम तक पहुँचाता था। वहाँ पर, वे लोग उन्हें वर्णानुक्रम में छाँटते थे। ऐसा प्रतीत होता है कि उस समय के बाद से, उन्होंने ये ब्यौरे नष्ट कर दिए हैं, लेकिन मैं ऐसा नहीं मानता। वे सब उनके दराजों में सही-सलामत रह गए हैं। एक दिन शाम को, व्यर्थता का एहसास होने पर, एक सेवानिवृत्त पुलिसवाले ने इन सारे पुराने दस्तावेज़ों को उलटना-पलटना शुरू कर दिया और उसकी नज़र आँद्रे गाबीसों और मारी-होसे वास्स के फ़ॉर्म पर पड़ी। उसने सोचा, 'क्यों भला ये लोग, तीस साल से भी ज़्यादा से, अपने पते से ग़ायब और अजनबी रहे हैं। उसे सच्चाई का कभी पता नहीं चलेगा।' एक अरसा पहले, एक लड़की पियानो सिखाने जाती थी। गार द लियों के मुहल्ले के होटल के कमरों में जहाँ हम मिलते थे, मैंने गौर किया था कि सुरक्षा कारणों से लगाये गए काले पर्दे उन्होंने वैसे ही छोड़ दिए थे और जबकि यह युद्ध के काफ़ी बरसों बाद की बात थी। गलियारे में लोगों की आवाजाही की आहटें, धम्म से दरवाज़ों के बन्द होने की आवाज़, टेलीफ़ोन की घंटियाँ सुनाई देती रहती थीं। कमरे को बाँटने वाली दीवारों के पीछे, रात भर वार्तालाप चलते रहते थे और भारी खनकती आवाज़ें, उन कारोबारी मुसाफ़िरों की होती थीं जो अपने धंधों के बारे में कभी न ख़त्म होने वाली चर्चायें करते रहते थे। सीढ़ियों में, सूटकेस उठाये लोगों के भारी-भरकम कदम। और इस कोलाहल के बावजूद, हम दोनों उस निरभ्र शान्ति के अंचल में पहुँच जाते थे, जिसका ज़िक्र उसने मुझसे किया था, जहाँ पर साँस लेने के लिए हवा हल्की थी। कुछ समय गुज़र जाने पर, मुझको यह एहसास होता था कि हम लोग उस घड़ी के बाद से, होटल के इकलौते बाशिन्दे थे, वह अपने ग्राहकों से खाली हो गया था। वे सारे-के-सारे ट्रेन पकड़ने के लिए सामने वाले स्टेशन चले गए थे। ख़ामोशी इतनी गहरी थी कि मुझको सरहद के करीब किसी प्रान्तीय नगर के स्टेशन का ख़याल आ रहा था।

मुझे याद है, दुर्घटना के बाद, मीराबो क्लिनिक में, मैं अचानक हड़बड़ा कर जाग जाता था और मुझे पता नहीं होता था कि मैं कहाँ पर हूँ। मैं पलंग के पास वाली मेज़ पर रखे लैम्प का बटन ढूँढता रहता था। फिर, तेज़ चकाचौंध कर देने वाली रोशनी में, मैं सफ़ेद दीवारें, शीशों की खिड़कियाँ पहचान जाता था। मैं दोबारा सोने की कोशिश करता था, लेकिन मेरी नींद भारी और अशान्त होती थी। सारी रात, कमरे को बाँटने वाली दीवार के पीछे लोग बातें करते रहते थे। एक नाम जो बार-बार उभर कर आता था, अलग-अलग तरीके से उच्चारित जाकलीन बोसेरजौं। सुबह में, मुझको यह एहसास होता था कि मैंने ख़्वाब देखा था। सिर्फ़ वह नाम जाकलीन बोसेरजौं सच था, क्योंकि मैंने यह ओतेल-दीय में उसके मुँह से सुना था, जब सफ़ेद ऐप्रन पहने शख़्स ने हमसे पूछा था कि हम कौन हैं। एक दिन शाम को, दक्षिण और्ली के एयरपोर्ट पर, मैं अपने दोस्तों का इंतज़ार कर रहा था जो मोरक्को से वापस आ रहे थे। विमान के आने में विलम्ब था। दस बजे से ज़्यादा का वक्त हो रहा था। बड़ा हॉल जिसमें प्रवेश द्वार खुलते थे वह तकरीबन ख़ाली था। मुझे अजीब-सा एहसास हुआ, समय और अंतरिक्ष के किसी 'नो मैन्स लैंड' में पहुँचने जैसा। एयरपोर्ट पर गूँजने वाली उन सारहीन आवाज़ों में से एक आवाज़ अचानक सुनाई दी, "जाकलीन बोसेरजौं को 624 नम्बर निकास द्वार पर बुलाया जा रहा है।" मैं हॉल में आगे से पीछे तक दौड़ रहा था। मुझे मालूम नहीं था कि बीते तीस सालों में वह कैसी हो गई होगी, पर इन बरसों के अब कोई मायने नहीं रह गए थे। मुझको यह भ्रम था कि मेरे लिए अब भी वहाँ एक निकास द्वार होगा। कुछ छूटे-भटके मुसाफ़िर 624 नम्बर द्वार पर उपस्थित हुए। इस दरवाज़े के आगे एक पुरुष साधारण वर्दी में तन कर खड़ा था। उसने शुष्क स्वर में मुझसे पूछा—

"आपके पास टिकट है?"

"मैं किसी को ढूँढ रहा हूँ...अभी-अभी एक घोषणा हुई थी...जाकलीन बोसेरजौं..."

वे आख़िरी यात्री भी अदृश्य हो गए थे। उसने कंधे उचकाए।

"वे काफ़ी समय पहले ही जहाज़ पर चढ़ चुकी होंगी, सर।"

मैंने फिर से कहा,

"आप पक्का कह रहे हैं? जाकलीन बोसेरजौं..."

वह मेरा रास्ता रोक रहा था।

"आप अच्छी तरह देख सकते हैं कि यहाँ पर अब कोई नहीं है, मुँस्युर।"

मेरी स्मृति में दुर्घटना से पहले के दौर का सब कुछ गड्डमड्ड है। दिन एक धुँधली रोशनी में गुज़रते जा रहे थे। मैं इंतज़ार में था कि उसकी चमक बढ़े ताकि उसमें चीज़ें और साफ़ दिखें। जब मैं उसके बारे में सोचता हूँ तब उस कोहरे में सिर्फ़ हेलेन नावाशीन की आकृति अलग से नज़र आती है। मुझे याद है कि उसके बाएँ कंधे पर एक तिल था। उसने मुझसे कहा था कि वह कुछ दिनों के लिए लंदन जाने वाली है, क्योंकि वहाँ पर उसे एक काम मिलने वाला था और वह यह सुनिश्चित करना चाहती थी कि वह वाकई में रोचक था या नहीं।

एक रोज़ शाम के वक्त, मैं गार द्यू नौर्र पर उसकी ट्रेन तक साथ में गया था। उसने मुझे एक पोस्टकार्ड भेजा था, जिसमें मुझे लिखा था कि वह जल्दी ही वापस पेरिस लौट आएगी। लेकिन वह कभी वापस नहीं आई। तीन साल पहले, मुझे एक टेलीफ़ोन आया। मुझे एक स्त्री की आवाज़ सुनाई पड़ी जो मुझसे कह रही थी, "हैलो...होटल पालिम से...आपसे कोई बात करना चाहता है, मुँस्युर..." होटल पालिम उसके घर के लगभग सामने ही था, उस छोटी-सी सड़क पर जहाँ से गार द लियों का घंटा दिखता था। एक बार, हमने वहाँ पर एक कमरा लिया था, इवेत्त दैंतीयाक व पात्रिक द तरूआन के नाम से। उस स्त्री ने दोहराया, "आप अभी लाइन पर हैं मुँस्युर ? मैं आपकी लाइन जोड़ रही हूँ..." मुझे यकीन था कि यह वही होगी। एक बार फिर, हम लोग पियानो की दो कक्षाओं के बीच मिला करेंगे और उसके शिष्य अनन्तकाल तक ह्यूमेल का 'ल बोलेरो' बजाया करेंगे। जैसा कि डॉक्टर बूवियेर को दोहराना अच्छा लगता था, जीवन एक सतत् पुनरुत्थान है। लाइन में खरखराहट थी, और वह पत्तों में हवा की सरसराहट जैसी लग रही थी। मैं इंतज़ार करता रहा, टेलीफ़ोन का रिसीवर ज़ोर से पकड़े हुए ताकि ज़रा-सी हिल-डुल न हो क्योंकि उसकी वजह से लाइन कट जाने का डर था। "आपको जिसने फ़ोन किया है वो आपसे बात

कर रहे हैं, मुँस्युर...'' मुझे लगा कि मैंने फ़र्नीचर उलटने-पलटने का शोर सुना या कोई सीढ़ियों में गिरा हो जैसे।

''हेलो...हेलो...आप मुझे सुन रहे हैं?'' एक पुरुष की आवाज़ थी। मैं निराश हो गया। अभी भी लाइन में वही खरखराहट थी। ''मैं आपके पिता का मित्र था...आप मुझे सुन रहे हैं?'' मैंने चाहे कितनी बार 'हाँ' कहा हो, वे मुझे सुन नहीं पा रहे थे। ''गी रूस्सोत्त...मैं गी रूस्सोत्त हूँ...आपके पिता ने संभवत: मेरे बारे में आपको बताया हो...ओट्टो वाले दफ़्तर में, मैं आपके पिता का सहकर्मी था...आप मुझे सुन रहे हैं? लग रहा था जैसे वह यह सवाल मुझसे औपचारिकतावश पूछ रहे थे, बग़ैर इस बात की फ़िक्र किए कि मैं सुन पा रहा हूँ या नहीं। ''गी रूस्सोत्त...आपके पिता के साथ हमारा एक दफ़्तर था...'' मैं मान सकता था कि वह मुझसे शौज़-एलिज़े के किसी बार से फ़ोन कर रहे थे जहाँ पचास साल पहले काला बाज़ार के धंधों, स्त्रियों और घोड़ों के बारे में बातचीत की गर्मागर्मी होती रहती थी। वह आवाज़ और ज़्यादा घुटती चली जा रही थी और वाक्यों के टुकड़े भर मुझ तक पहुँच रहे थे, ''आपके पिता...ओट्टो दफ़्तर...मुलाकात... होटल पालिम में कुछ दिन...जहाँ मैं उनसे मिल पाऊँगा...उनसे सिर्फ़ इतना कहना कि गी रूस्सोत्त...ओट्टो दफ़्तर...गी रूस्सोत्त की तरफ़ से...एक टेलीफ़ोन कॉल...आप मुझे सुन रहे हैं?'' मेरा टेलीफ़ोन डाइरेक्टरी में नाम नहीं था। मैं कल्पना कर रहा था कि यह भूत, होटल पालिम के किसी कमरे से फ़ोन कर रहा होगा, शायद उसी कमरे से...कितना अजीब इत्तफ़ाक है...अब वह आवाज़ बहुत दूर हो गई थी, बेहद टूटे-फूटे वाक्य। मैं सोच रहा था कि क्या जिससे वे मिलना चाहते थे वे मेरे पिता थे, जिन्हें वे अभी भी उसी दुनिया का मानते थे, या वह मैं था। कुछ ही देर बाद, मैं उन्हें बिलकुल भी सुन नहीं पा रहा था। एक बार फिर, वही फ़र्नीचर वाला शोर, जिसे पटका जा रहा हो या सीढ़ी में किसी के गिरने की आवाज़। उसके बाद फ़ोन की डायल टोन, जैसे उधर से फ़ोन रख दिया गया हो। शाम के आठ बज चुके थे और होटल पालिम में फ़ोन करने की मेरी हिम्मत नहीं हुई। और मैं वाकई हताश था। मुझे हेलेन नावाशीन की आवाज़ सुनने की उम्मीद थी। इतना वक्त गुज़र जाने के बाद, अब कैसी लगती

होगी वह? आख़िरी बार जब मैंने उसे सपने में देखा था तब उसको अपना पता और टेलीफ़ोन नम्बर देने का वक्त मिलता, उससे पहले ही सपना टूट गया था।

~

उन्हीं सर्दियों में जब मैंने गी रूस्सोत्त की दूर से आती आवाज़ सुनी थी, मुझ पर एक और आफ़त आ गई थी। यह दिसम्बर के महीने की बात थी। करीब एक हफ़्ते से जब मैं अपने घर से निकलता था या वापस लौटता था, मैंने गौर किया था कि एक औरत इमारत के द्वार से कुछ मीटर की दूरी पर या सामने वाले फ़ुटपाथ पर, जड़वत् खड़ी रहती थी। वह वहाँ पर कभी भी शाम के छह बजे से पहले नहीं होती थी। एक लम्बी औरत, भेड़ की खाल से बना ओवरकोट पहने और बड़ा-सा हैट लगाये हुए; एक भूरे रंग का झोला लिए रहती थी। वह नज़रों से मेरा पीछा करती थी और वह वहीं रहती थी, ख़ामोश, भयभीत करने वाली मुद्रा में। जाने बचपन के किस विस्मृत दुःस्वप्न से निकली होगी यह औरत? और अभी क्यों? मैंने खिड़की से झाँका। वह फ़ुटपाथ पर इंतज़ार कर रही थी, लगा कि इमारत के सामने वाले हिस्से की निगरानी कर रही थी। मगर मैंने कमरे की बिजली नहीं जलाई थी और उसके लिए मुझे देख पाना असंभव था। इस बड़े झोले, इस टोपी और इन बूटों के साथ, एक लम्बे समय से तिरोहित सेना कैंटीन प्रभारी रहे होने का आभास देती थी, लेकिन जिसने अपने पीछे अच्छे-ख़ासे शव छोड़े थे। मुझको डर था कि इस क्षण के बाद से और मृत्युपर्यन्त, जहाँ कहीं भी मैं रहूँ, वह मेरी चौकसी में मुस्तैद न रहे और ऐसे में घर बदलने का कोई फ़ायदा नहीं था। हर बार वह मेरा नया पता तलाश लेगी।

एक रात, मैं घर वापस लौट रहा था, उस दिन सामान्य तौर पर जिस वक्त वापस आता था, उससे कहीं ज़्यादा देर हो गई थी, लेकिन वह तब भी वहाँ थी, निश्चल। मैं इमारत का दरवाज़ा ठेलने वाला था जब वह धीरे-से मेरे पास आ गई थी। एक बूढ़ी महिला थी। वह मुझे कठोर नज़रों से घूरती रही थी। मानो मुझे किसी बात पर शर्मिन्दा करना चाह रही थी या मुझको मेरी कोई भूल, जो मैंने की हो, उसकी याद दिलाना चाह रही थी। मैंने उसकी निगाहें ख़ामोशी से

झेलीं। मैंने अपने हाथ बाँध लिए और उससे शांत स्वर में और शब्दों का सही चयन करते हुए कहा कि मुझे यह जानने की बेहद इच्छा है कि वह मुझसे क्या चाहती है।

उसने चेहरा ऊपर उठाया और उसके मुँह से गालियों की बौछार निकली। वह मुझे मेरे नाम से पुकार रही थी और मुझको 'तुम' कहकर संबोधित कर रही थी। क्या हम दोनों के बीच कोई रिश्ता था? शायद एक अरसे पहले मेरी उससे जान-पहचान हुई हो। बड़ा-सा हैट उसके चेहरे की कठोरता को बढ़ा रहा था और स्ट्रीट लाइट की पीली रोशनी में, वह एक बेहद बूढ़ी जर्मन नौटंकी वाली जैसी लग रही थी, जिसका नाम था लेनी रीफ़ेन्शटाल। जीवन और भावनाओं ने इस ममीनुमा चेहरे पर कोई असर नहीं छोड़ा था, हाँ, एक छोटी नटखट और बदमिज़ाज लड़की की ममी अभी से कोई चौबीस साल पहले। शिकारी पंछी जैसी आँखें मुझको अभी तक घूर रही थीं और मैं अपनी नज़रें नीची नहीं कर रहा था। मैं उसको मुस्कुराकर देखता रहा। मुझे महसूस हो रहा था जैसे वह मुझे काट खाने के लिए और अपना विष भरा नश्तर चलाने को तैयार थी, मगर इस आक्रामकता के पीछे, कुछ तो था जो सच्चा नहीं था, जैसे किसी बेकार अभिनेत्री का बग़ैर बारीकियों के अभिनय। फिर से एक बार गालियों से मुझ पर हावी हो रही थी। मेरा रास्ता रोकने के लिए वह इमारत के दरवाज़े के सहारे टिककर खड़ी थी। मैं अब भी उसे देखकर मुस्कुरा रहा था और मुझको इस बात का भली-भाँति एहसास हो रहा था कि इससे वह और भी ज़्यादा भड़क रही थी। लेकिन मुझे उससे डर नहीं लग रहा था। ख़त्म हो गया बचपन का वह डर, जो अंधेरे में, किसी चुड़ैल या मौत के कमरे का दरवाज़ा खोल कर अंदर आने के ख़याल से होता था। "आप थोड़ा धीरे बोल सकती हैं, मादाम?" मैंने उससे संभ्रान्त तरीके से कहा, जिससे मैं ख़ुद ही हैरान था। मेरे संयत स्वर से वह भी भौंचक्की लग रही थी। "माफ़ कीजिएगा, आपकी तरह, इतनी ऊँची आवाज़ में बात करते हुए किसी को सुनने की मेरी आदत नहीं रही अब।" क्षणांश में, मैंने उसके नैन-नक्श सिकुड़ते हुए और उसकी आँखें फैलती हुईं देखीं। मेरी अवज्ञा करने के लिए उसने अपनी ठोड़ी ऊपर उठायी, एक बहुत भारी ठोड़ी, निकली हुई सी। मैं उसे देख मुस्कुराता रहा। तब, उसने मुझ पर हमला बोला। एक हाथ

से उसने मेरा कंधा जकड़ रखा था और दूसरे से मुझे, वह मेरा चेहरा खरोंचने की कोशिश कर रही थी। मैं ख़ुद को छुड़ाना चाह रहा था, लेकिन वह वाक़ई में बहुत भारी थी। आहिस्ता-आहिस्ता बचपन का वह डर वापस आता महसूस हो रहा था। लगभग तीस साल से ज़्यादा हो गए हैं, मैंने कुछ ऐसा कर लिया था कि मेरी ज़िन्दगी वैसी ही सुव्यवस्थित रहे जितना एक फ्रेंच शैली का उद्यान होता है। यह उद्यान चौड़ी पगडंडियों, घास के मैदान, झुरमुटों से ढँका हुआ था, एक दलदल जिसमें गुज़रे दिनों में, मैं धँसते-धँसते बचा था। तीस वर्षों का प्रयास। और यह सब इसलिए कि एक रात को एक राक्षसी, रास्ते में मेरा इंतज़ार करे और मेरे ऊपर चढ़ बैठे...वह मेरा दम घोंट देने वाली थी, वो बुढ़िया। वह उतनी ही भारी थी, जितनी मेरे बचपन की यादें। मेरे ऊपर एक परदा पड़ा हुआ था और अब हाथापाई करने से कुछ भी हासिल नहीं होगा। मेरी सहायता कोई नहीं कर सकता था। थोड़ा नीचे की तरफ़, चौक पर, एक पुलिस चौकी थी, जिसके सामने सिपाही तैनात खड़े थे। इस सारे नाटक का अंत पुलिस वैन में और एक पुलिस चौकी पर हो जाएगा। लम्बे समय से यह अपरिहार्य था। हालाँकि सत्रह साल की उम्र में, जब मुझको वैन में बिठाया गया था, क्योंकि मेरा बाप मुझसे छुटकारा पाना चाहता था, वह प्रसंग यहीं-कहीं घटित हुआ था, गिरजाघर के आस-पास। तीस सालों का व्यर्थ प्रयास, फिर उसी शुरुआती बिन्दु पर पहुँचने के लिए, मुहल्ले की पुलिस चौकी पर। क्या विडम्बना है...वे दो शराबियों जैसे दिख रहे थे, जो सड़क पर झगड़ा कर रहे थे, उन सिपाहियों में से एक बोलेगा। वे हमें बेंच पर बिठायेंगे, इस बुढ़िया को और मुझे, उन सभी की तरह जिन्हें रात के छापों में पकड़ा गया था मुझे अपनी पहचान को नकारना पड़ेगा। मुझसे पूछा जाएगा कि क्या मैं उसे जानता हूँ। पुलिस कमिश्नर मुझसे कहेगा; वह तुम्हारी माँ हो सकती है, लेकिन काग़ज़ातों के अनुसार, आप लोगों के बीच किसी रिश्ते की डोर नहीं है। यह वही पुलिस कमिश्नर था जिसके हवाले मेरे बाप ने मुझे किया था जब मैं सत्रह साल का था। डॉक्टर बूवियेर सही थे, जीवन एक सतत् वापसी है। गनगनाता क्रोध मुझ पर हावी हो गया और मैंने बुढ़िया के पेट पर घुटने से आघात किया। उसकी जकड़ ढीली पड़ गई। मैंने उसे बलपूर्वक धक्का दिया। आख़िरकार, मेरी साँस में साँस आई...मैंने उसे आश्चर्यजनक रूप

से निष्क्रिय कर दिया था, अब मेरे करीब आने की उसकी मजाल नहीं हो रही थी, वह स्थिर हो गई थी, फ़ुटपाथ के छोर पर, अपनी छोटी फैली आँखों से मुझे घूरती हुई। अब वह थी जो बचाव की मुद्रा में थी। वह मेरी ओर मुस्कुराने की कोशिश कर रही थी, एक घटिया कलाकार की डरावनी मुस्कान, जिसे उसकी नज़रों की कठोरता झुठला रही थी।

मैंने अपने हाथ बाँधे। उसके बाद, यह देखने पर कि उसकी मुस्कान काम नहीं कर रही थी, उसने आँसू पोंछने का ढोंग किया। मेरी उम्र में, कैसे भला मैं इस डायन से भयाक्रांत हो सकता था और पल भर के लिए यह मान सकता था कि उस औरत में अभी भी, मुझे नीचता की तरफ़ ले जाने की ताकत थी? वह सब सदा के लिए ख़त्म हो गया था, वो पुलिस चौकियों वाला ज़माना। उसके बाद के दिनों में, वह इमारत के सामने खड़ी नहीं हुई और अब तक उसने अपने जीवित होने का कोई सबूत नहीं दिया। उस रात मैं खिड़की के पीछे से उस पर बाद में भी नज़र रखे रहा। उस पर हमारे झगड़े का ज़रा भी असर नहीं दिख रहा था। वह घाट के किनारे यहाँ से वहाँ चहलकदमी करती रही। एक बहुत कम दूरी में जाने और आने के नियत, लेकिन जोश भरे कदमों से, लगभग मिलिट्रीनुमा। एकदम सतर, ठोड़ी ऊपर उठाये। समय-समय पर, वह इमारत की तरफ़ सिर घुमा रही थी, सुनिश्चित करने के लिए कि वहाँ लोग थे कि नहीं। और फिर उसने लंगड़ाना शुरू कर दिया था। पहले, वह इस तरह से चलने का अभ्यास कर रही थी। धीरे-धीरे, उसे अपनी गति मिल गई थी। मैंने उसे ऐसे ही लंगड़ाते-लंगड़ाते दूर होते हुए और गायब होते देखा, लेकिन एक पराजित सेना की तलाश में बूढ़ी कैन्टीन प्रभारी के इस किरदार में उसने बहुत ज़्यादा अतिरंजना कर दी थी।

तीन साल पहले, लगभग उसी दौर में जब उस बुढ़िया ने मुझ पर हमला बोला था, लेकिन यह जून या जुलाई महीने की बात रही होगी, मैं तूरनेल घाट के किनारे चल रहा था। वह शनिवार का एक धूप भरा दिन था। मैं पुराने पुस्तक विक्रेताओं के बक्सों में किताबें देख रहा था। और अचानक, मेरी नज़र एक पुस्तक के मोटे लाल रबर बैंड से बँधे तीन अंकों पर पड़ी। पीला आवरण, पहले अंक का काले अक्षरों में नाम और शीर्षक देख कर दिल में एक कचोट-सी हुई, फ्रेड बूवियेर की *ले सूवनीरएक्रौं*। मैंने रबर बैंड हटाया। फ्रेड बूवियेर द्वारा दो अन्य पुस्तकें *द्रोग ए तेराप्यूतिक* और *ल मौंसोंज ए ल'आव*। दौंफ़ेर्र-रोशरो की बैठकों में शिक्षण सत्र के दौरान कई बार इनका ज़िक्र किया गया था। तीन नायाब किताबें, जिनका ज़िक्र वह ज़रा तिरस्कार से करता था कि वे उसकी 'युवावस्था की कृतियाँ' थीं। उनके छपने की तारीख़, आवरण पर नीचे प्रकाशक के नाम के साथ निर्दिष्ट थी—साबलीये। हाँ, बूवियेर उस ज़माने में एकदम युवा रहा होगा, मुश्किल से बाइस, तेइस साल का।

मैंने वे तीनों पुस्तकें ख़रीद लीं और *मौंसोंज ए ल'आव* के पहले पन्ने पर किताब अर्पित की गई थी, 'जेनवियेव दालाम के लिए, यह पुस्तक कर्फ़्यू के समय तब लिखी गई थी जब मैं उसकी उम्र का था। फ्रेड बूवियेर।' दोनों अन्य पुस्तकें पहली वाली की तरह अर्पित नहीं की गई थीं लेकिन उन पर, पहली वाली की तरह शीर्षक वाले पन्ने पर नीली स्याही में नाम लिखा था, 'जेनवियेव दालाम' और साथ में एक पता था : '4, जूर्दान पथ।' इस सुनहरे बालों वाली गोरी लड़की का चेहरा, जो हमेशा बूवियेर के साये में रहती थी और बैठकें ख़त्म होने पर गाड़ी में उसकी बगल की सीट पर काबिज़ हो जाती थी, बाज-सी शक्ल वाला वह छोकरा मुझसे धीमी आवाज़ में कहता हुआ, "उसका नाम जेनवियेव दालाम है," यह सारा कुछ मेरी आँखों में तैर गया। मैंने किताब बेचनेवाले से पूछा कि उसे ये किताबें कहाँ मिली थीं। उसने कंधे

उचकाये, ''ओह, कोई मकान बदल रहा था''...अपनी नीली आँखों से बूवियेर को निहारती और उसके एक-एक बोल को आत्मसात् करती हुई जेनवियेव दालाम याद आ गई मुझे और तब मैंने सोचा कि वह ख़ुद को इन तीन किताबों से जुदा करती, यह असंभव था। सिवाय इसके कि उसने झटके से अपने जीवन के एक समूचे हिस्से से ख़ुद को काट लेना चाहा हो। या कि फिर उसकी मौत हो गई हो। 4, जूर्दान पथ। यह जगह मेरे घर से दो कदम की दूरी पर थी, जब मैंने व्आ-वेर्त्त मार्ग पर, होटल में एक कमरा लिया हुआ था। लेकिन मुझे इसकी पुष्टि करने की ज़रूरत नहीं थी, मैं जानता था कि तकरीबन पिछले पंद्रह सालों से अब उस इमारत का अस्तित्व नहीं रहा था और यहाँ तक कि अब व्आ-वेर्त्त मार्ग का नाम बदल चुका था।

मुझे याद आया कि उस दौर में, मैं पौर्त्त द जौन्तीयी पर 21 नम्बर की बस पकड़ने जा रहा था, और वह उस छोटी इमारत से निकली थी, लेकिन मैंने उससे जाकर बात करने की जुर्रत नहीं की थी। वह बस का इंतज़ार कर रही थी और हम दोनों बस स्टॉप पर अकेले थे। वह मुझको पहचान नहीं रही थी और यह बिलकुल स्वाभाविक था : बैठकों के दौरान, वह सिर्फ़ बूवियेर को देखती रहती थी और उस समूह के अन्य सदस्य उसकी जगमगाती आभा में महज़ कुछ धुँधले चेहरे थे, जो वह अपने इर्द-गिर्द बिखेरता रहता था। जब बस चली, हम लोग उसमें अकेली सवारी थे और, मैंने उसके सामने वाली सीट पर जगह ले ली। मुझे वह नाम अच्छी तरह याद था, जिसे कुछ दिनों पहले उस बाज़ ने मेरे कानों में फुसफुसाया था, ''जेनवियेव दालाम।''

वह ग्लेसाइन काग़ज़ से मढ़ी हुई एक किताब में डूब गई, शायद वही वाली जिसे बूवियेर ने उसे अर्पित किया था और जो उसने कर्फ़्यू के दौरान लिखी थी। मैं उस पर से निगाह नहीं हटा रहा था। मैंने पढ़ा था, मालूम नहीं कहाँ, कि अगर आप लोगों को टकटकी लगाकर देखते रहें, पीठ की तरफ़ से भी तो उन्हें आपकी उपस्थिति का भान हो जाता है। उसके साथ, बहुत देर तक ऐसा चला। जब बस ग्लासियेर मार्ग से गुज़र रही थी तब उसका सिर्फ़ हल्का-सा ध्यान गया था मुझ पर। ''मैंने आपको बूवियेर की बैठकों में देखा है,'' मैंने

उससे कहा। यह नाम बोलने के साथ, मुझे लग रहा था कि वह मुझ पर मेहरबान हो जाएगी, लेकिन उसने मुझ पर एक शक भरी नज़र डाली। मैं उसका तनाव कम करने के लिए शब्द तलाश रहा था। "ग़ज़ब है..., डॉक्टर बूवियेर के पास हर उस सवाल का जवाब है जो ज़िन्दगी में हमारे सामने होते हैं।" और मैंने मनन करने की मुद्रा बनायी, मानो रोज़मर्रा की दुनिया से अलग होने के लिए और इस बस से, जिसमें हम लोग थे, उससे दूर जाने के लिए बूवियेर का नाम लेनां भर काफ़ी था। वह आश्वस्त लगी। हम दोनों के गुरु एक ही थे, हमारे एक ही रिवाज और एक ही राज़ थे। "आप क्या काफ़ी दिनों से इन सम्मेलनों में शरीक होते रहे हैं?" उसने मुझसे पूछा।

"कुछ हफ़्तों से।"

"क्या आप उनसे व्यक्तिगत तौर पर संपर्क करना चाहेंगे?"

यह सवाल उसने मुझसे ज़रा नम्रता से पूछा, जैसे कि वह इकलौती बिचौलिया थी, जिसका बूवियेर और उसके शिष्यों के समूह के बीच अस्तित्व था। "एकदम से नहीं, मैं अभी थोड़ा और इंतज़ार करना चाहूँगा..." मैंने कहा। और मेरी आवाज़ इतनी गंभीर थी कि उसे अब मेरी निष्ठा पर संदेह नहीं हो सकता था। वह मुझे देखकर मुस्कुरायी और उसकी बड़ी नीली आँखों में मुझे अपने प्रति एक किस्म की कोमलता तक दिखी। लेकिन मैं कोई भ्रम नहीं पाल रहा था। इसके लिए मैं बूवियेर का आभारी था।

उसने एक घड़ी पहनी हुई थी जो उसकी दुबली कलाई से मेल नहीं खा रही थी। काले चमड़े की पट्टी कस के बाँधी हुई नहीं थी। उसने झटके से किताब को अपने बैग में डाला। उसकी घड़ी फिसली और गिर गई। मैं उसे उठाने के लिए झुका। 'यह ज़रूर बूवियेर की कोई पुरानी घड़ी रही होगी,' मैंने सोचा। उसने उससे यह पहनने के लिए कहा होगा ताकि जेनवियेव के पास हर पल वह वस्तु रहे जो कभी बूवियेर की हुआ करती थी। मैंने चमड़े की पट्टी को उसकी कलाई पर अच्छी तरह बाँधने में उसकी मदद करनी चाही, लेकिन घड़ी की पट्टी निश्चित तौर पर उसके लिए बहुत बड़ी थी। तभी, कलाई के निचली तरफ़, मुझको एक घाव का दाग दिखा, ताज़ा चूँकि वह अभी भी गुलाबी था, जो छालों

के बाद रह जाता है। पहले तो मुझे बेहोशी जैसा महसूस हुआ। घाव का यह दाग जाड़े की इस धूप भरे दिन से मेल नहीं खा रहा था, इस वक्त जब मैं बस में नीली आँखों और सुनहरे बालों वाली एक लड़की के सान्निध्य में बैठा हुआ था। मैं एक काफ़ी साधारण-सा इंसान था..., जिसको ख़ुश रहना अच्छा लगता था और जिसे फ्रेंच शैली के बाग़-बग़ीचे पसन्द थे। अक्सर उदास ख़याल मेरे दिल में आते रहते थे, लेकिन एकदम अनचाहे। उसके लिए भी, शायद ऐसी ही बात होगी। उसकी मुस्कुराहट और उसकी निगाह, बूवियेर से मुलाकात होने से पहले वाली बेफ़िक्री व्यक्त कर रही थीं। निस्संदेह, यह वही था, जिसने उसके जीने के जोश को भुला दिया था। उसे एहसास हो गया कि मेरी नज़र उसके घाव के निशान पर पड़ गई थी और उसने अपना हाथ घुटने पर फैला कर कुछ इस तरह से रख लिया था कि वह अच्छी तरह से छुप जाए। मेरा मन उससे साधारण, बेमतलब की बातें करने का हो रहा था। क्या वह अभी भी विद्यार्थी थी या उसने काम ढूँढ लिया था? उसने मुझे बताया कि वह एक क्लब जिसका नाम ओपेरा एंतेरिम था, उसमें टाइपिस्ट की नौकरी करती थी। और अचानक वह बिलकुल स्वाभाविक होकर बात करने लगी और अब ज़रा-सी भी वह उग्रता या अकड़ नहीं रही थी, जो उसमें डॉक्टर बूवियेर का ज़िक्र होने पर दिखी थी। हाँ, अंततः मुझको यह यकीन हो चला था कि उसके रास्ते में बूवियेर के आने से पहले वह एक सीधी-सरल लड़की रही होगी और उस दौरान उससे मुलाकात न हो पाने का अफ़सोस था मुझे।

मैंने उससे पूछा कि क्या वह इन बैठकों में लम्बे समय से शरीक होती रही है। लगभग एक साल से। शुरुआत में, यह मुश्किल था। उसे ज़्यादा कुछ समझ में नहीं आता था। दर्शनशास्त्र का उसे ज़रा भी ज्ञान नहीं था। उसने दसवीं के बाद पढ़ाई छोड़ दी थी। उसे लगता था कि उसने जीवन में कुछ नहीं पाया और इस भावना से ग्रस्त होकर वह 'निराशा' की स्थिति में पहुँच गई थी। यह बात कहकर, शायद वह मुझे यह समझाना चाह रही थी कि क्यों उसकी कलाई पर एक घाव का निशान था। फिर डॉक्टर ने उसका ख़ुद पर से खोया हुआ भरोसा वापस दिलाने में मदद की। एक बेहद मुश्किल प्रक्रिया, लेकिन उसकी बदौलत, वह इससे निकल पाने में सफल हुई। वह सचमुच उसकी आभारी थी कि डॉक्टर

ने उसे उस मन:स्थिति को प्राप्त करने में समर्थ बनाया, जिसे वह अकेली कभी भी नहीं पा सकती थी। वह उससे मिली कहाँ पर थी? ओह, एक कॉफ़ी हाउस में। दफ़्तर में काम पर वापस जाने से पहले वह वहाँ पर एक सैंडविच ले रही थी। डॉक्टर पढ़ाने की तैयारी कर रहा था, वह 'उच्च शिक्षा' के विद्यार्थियों को पढ़ाता था। जब डॉक्टर को पता चला कि वह टाइपिस्ट है, तब उसने उससे अपने लिए एक गद्यांश टाइप करने को कहा। मैं उससे कहने वाला था कि मैं भी डॉक्टर से पहली बार एक कॉफ़ी हाउस में मिला था। लेकिन उस तकलीफ़देह वाक़ये का ज़िक्र करने से मैं डर रहा था। उसे शायद फ़र लगी बरसाती वाली महिला के अस्तित्व की जानकारी हो, वह औरत जो कह रही थी, "अगली बार आप मेरे भुगतान का ख़याल रखेंगे।" और कौन जाने यही औरत कारण रही हो, कलाई पर इस घाव के निशान का, या फिर सीधे तौर पर, बूवियेर इसकी वजह हो, जिसकी ज़ाती ज़िन्दगी पहली नज़र में मुझे ख़ासी अजीबोग़रीब लगी थी...

मैंने जानना चाहा कि वह किस स्टेशन पर उतरेगी। "पती-शौं-दानियेल-कासानोवा।" मैंने लक्ज़मबर्ग स्टेशन के लिए टिकट ख़रीदा था, लेकिन उससे कोई फ़र्क नहीं पड़ता था। मैंने तय कर लिया था कि मैं आख़िर तक उसके साथ जाऊँगा। वह ओपेरा एंतेरिम जा रही थी, लेकिन जल्दी ही वह यह नौकरी छोड़ देगी, उसने मुझे बताया। डॉक्टर ने उसे एक काम देने का वादा किया था, वह उसके शिक्षण सत्र व उसके लेखों को टाइप किया करेगी। उसकी बैठकों और सम्मेलनों के प्रबंधन और अलग-अलग समूहों से पत्राचार की ज़िम्मेदारी उसकी होगी। वह ख़ुश थी कि आख़िरकार उसे एक ऐसा काम मिल गया था, जिससे उसके जीवन को सार्थकता मिलती थी। "तो अब आप स्वयं को पूरी तरह से डॉक्टर के लिए समर्पित कर देंगी?" यह बात मेरे मुँह से निकल गई थी। और जैसे ही मैंने यह कहा, मैं उस पर पछताने लगा था। उसने मुझे अपनी हल्की नीली आँखों से घूरा, जिनमें एक किस्म की कठोरता थी। अपनी इस ऊट-पटाँग व बेहूदी बात को सँभालने के लिए मैंने एक सामान्य-सी टिप्पणी की, "आप जानती हैं, इन गुरुओं को भान नहीं होता कि उनका उनके शिष्यों पर कितना प्रभाव होता है।" उसकी नज़रें नरम पड़ गईं। मुझको ऐसा महसूस हो रहा था मानो अब वह मुझे नहीं देख रही थी, बल्कि अपने ख़यालों में खो गई

थी। उसने मुझसे पूछा, "आपको विश्वास है?" इस सवाल में इतनी व्याकुलता और मासूमियत थी कि वह मेरे मन को छू गई। एक अच्छा काम जो उसके जीवन को सार्थकता देगा...वैसे भी, उसने अपने जीवन का अंत करना चाहा था, अगर मैं उसकी कलाई के घाव के निशान से यह मानता हूँ...मुझे अच्छा लगता कि वह मुझसे अपने दिल की बातें कहती। मैंने पल भर के लिए, एक सपना देखा कि इस बस में, उसका चेहरा मेरे चेहरे के करीब आता जा रहा था और वह बहुत देर तक मेरे कानों में कुछ कह रही थी, जिससे कि कोई और सुन न सके।

फिर से, वह मुझको शक भरी नज़रों से देख रही थी। "मैं आपसे सहमत नहीं हूँ," वह रुखाई से बोली। "मैं, मुझको एक गुरु की ज़रूरत है..." मैंने सिर हिलाया। मेरे पास उसकी बात का कोई जवाब नहीं था। हम लोग पाले-रौय्याल पहुँच गए थे। बस अब र्रयूक-उनिवेर्र के आगे से गुज़र रही थी, जिसके अहाते में अक्सर, मैं अपने पिता के साथ बैठा करता था। वे भी बात नहीं करते थे और हम लोग बग़ैर ख़ामोशी तोड़े हुए, एक-दूसरे से रुख़सत ले लेते थे। बहुत सारी बाधाएँ थीं। बस हिचकोले खाती हुई आगे बढ़ रही थी। इसका मुझे फ़ायदा उठा लेना चाहिए था, जेनवियेव दालाम नामक इस लड़की से जल्दी से कुछ सवाल पूछने के लिए, लेकिन लग रहा था उसे कोई और ही फ़िक्र थी, जिसकी सोच में वह डूबी हुई थी। पती-शौं-दानियेल-कासानोवा तक, हमने आपस में एक शब्द भी नहीं बोला और हम बस से उतर गए। फ़ुटपाथ पर उसने अनमने ढंग से मुझसे हाथ मिलाया, बायाँ हाथ, वही घड़ी वाला, और घाव के निशान वाला। "अगली बैठक में मिलेंगे," मैंने उससे कहा। लेकिन उसके बाद हुईं बैठकों के दौरान उसने हमेशा मेरी मौजूदगी को अनदेखा किया। वह ओपेरा एवेन्यू पर ऊपर की तरफ़ चली जा रही थी और बहुत जल्दी ही मेरी आँखों से ओझल हो गई। उस समय फ़ुटपाथ पर बहुत ज़्यादा भीड़ थी।

बीती रात, पहली बार अपनी ज़िन्दगी की सबसे उदास घटनाओं में से एक को, सपने में देखा। जब मैं सत्रह साल का था, मेरे पिता ने मुझसे छुटकारा पाने के लिए, एक दिन दोपहर में आपातकालीन सेवा को बुला लिया था और एक पुलिस वैन इमारत के सामने हमारा इंतज़ार कर रही थी। उन्होंने मुझको यह कहते हुए पुलिस प्रमुख के हवाले कर दिया था कि मैं एक 'उजड्ड लड़का' हूँ। मैंने अपने जीवन की इस घटना को भूल जाना चाहा था, लेकिन बीती रात के मेरे सपने में, हर छोटी-से-छोटी मिटाई हुई स्मृति, बाकी बातों के साथ दोबारा ताज़ा हो गई और मुझे झकझोर कर रख दिया। चालीस साल के बाद, देर से फटने वाले एक बम की तरह। मैं पुलिस चौकी पर एकदम कोने में, एक बेंच पर बैठ गया और बेख़बर बस इंतज़ार कर रहा हूँ कि वे मेरे साथ क्या करेंगे। रह-रह कर, मुझे नींद के झोंके आ रहे हैं। आधी रात के बाद से, मैं निरन्तर एक मोटर और दरवाज़ों की धड़धड़ खुलने, बंद होने की आवाज़ सुनता रहा। चंद इंस्पेक्टर एक कमरे में एक झुंड को धकिया रहे थे, यह झुंड एक तरह के लोगों से नहीं बना था, कुछ लोग अच्छा पहने-ओढ़े हुए थे, बाकी आवारागर्द लग रहे थे। झगड़ा-लड़ाई। वे अपनी पहचान को नकार रहे हैं। धीरे-धीरे वे सारे एक कमरे में समाते जा रहे हैं जिसका मुझको सिर्फ़ बड़ा-सा खुला हुआ दरवाज़ा दिख रहा है। सबसे आख़िर में, टाइपराइटर पर ब्यौरे लेने वाले व्यक्ति के सामने, प्रस्तुत होने वाली एक ख़ासी कम उम्र की महिला है, हल्के भूरे बाल, फ़र वाला ओवरकोट पहने। पुलिसवाले ने, उसका नाम लिखने में कई बार ग़लती की और वह झल्ला कर दोहराती है, "जाकलीन बोसेरजौं।"

इससे पहले कि वह बगल वाले कमरे में घुसती, हमारी नज़रें टकरायीं।

मैं सोचता हूँ कि दुर्घटना की रात को जब उस गाड़ी ने मुझे धक्का दिया था, तब कहीं मैं हेलेन नावाशीन के साथ गार द्यू नौर्र तक उसे ट्रेन पकड़वाने के लिए तो नहीं गया था। जब चित्त से कोई बात उतरती है, तब वह हमारी ज़िन्दगी के एक समूचे हिस्से को कुतर जाती है और कभी-कभी, बीच की उन सारी छोटी-छोटी कड़ियों को मिटा देती है। और इस पुरानी फ़िल्म में, सिनेमा रील की फफूँदियाँ झटके में समय की धारा में छलाँग लगा देती हैं और हमें यह एहसास होता है कि मानो दो घटनाएँ एक ही दिन या यहाँ तक कि साथ-साथ घटी होंगी, जबकि उन दोनों के बीच महीनों का अंतर रहा था। इन खंडित छवियों का आँखों के सामने से गुज़रना जो एक-दूसरे से इस कदर घुल-मिल कर हमारी स्मृति में इतनी भ्रांति पैदा कर देती हैं कि घटनाक्रम को सिलसिलेवार बिठाना कठिन हो जाता है, और कभी हमारी भूली-बिसरी यादों में सब कुछ बहुत धीरे-धीरे घटता है, छवियाँ स्थिर नहीं हो पातीं। अंत में, मेरा सिर घूमने लगता है।

मुझे अच्छी तरह से लगता है कि उस रात को मैं गार द्यू नौर्र से पैदल वापस आ रहा था। नहीं तो इतनी रात गए क्यों भला मैं, सैं-जाक चौक के एकदम पास, बस स्टॉप के सामने, एक बेंच पर बैठा होता? एक अन्य जोड़ा भी बस स्टॉप पर इंतज़ार कर रहा था। पुरुष ने आक्रामक अंदाज़ में मुझसे बात करनी शुरू की। वह चाहता था कि मैं एक होटल तक, उसके और उस औरत के साथ चलूँ। औरत कुछ नहीं कह रही थी और कुछ परेशान-सी लग रही थी। वह मेरी बाँह पकड़ रहा था और मुझे खींचने की कोशिश कर रहा था। वह मुझे उस औरत की तरफ़ धक्का दे रहा था। ''ये लड़की सुन्दर है ना... ? और जबकि तुमने अभी सब कुछ नहीं देखा है...'' मैं ख़ुद को छुड़ाने की कोशिश कर रहा था, लेकिन वह वाकई चिपकू था। बार-बार, वह मुझे बाँह से पकड़ ले रहा था। स्त्री के चेहरे पर कटुतापूर्ण मुस्कान थी। पुरुष ज़रूर नशे में होगा और वह मुझसे

बात करने के लिए अपना चेहरा मेरे चेहरे के नज़दीक ला रहा था। उससे शराब की-सी महक नहीं आ रही थी, बल्कि एक सेंट, आक्वा दी सिल्वा की ख़ुशबू आ रही थी। वह मुझको, मुँह फाड़े, निराश भाव से देख रहा था।

मैं कूतलरी मार्ग पर निकल पड़ा, एक पतली, टेढ़ी और सुनसान-सी सड़क, होटल द वील के बिलकुल सामने। उसके बाद के सालों में—और आज से पहले भी—मैं यहाँ पर आया, उस बेचैनी को समझना चाहता था जो पहली बार यहाँ आने पर मुझे हुई थी। या बल्कि कहें कि समय से परे, उस समानान्तर दुनिया में फिसलने की अनुभूति। इतना ही काफ़ी था कि मैं इस रास्ते पर चलता रहूँ और मुझे अनुभव हो जाएगा कि अतीत यकीनन पलट कर वापस आ गया है। जबकि मुझे यह ठीक से पता भी नहीं चला कि मैं किस वर्तमान में जी रहा हूँ। यह एक सीधा रास्ता है जहाँ गाड़ियाँ बहुत तेज़ी से पार होती हैं। एक भूली-बिसरी सड़क जिस पर किसी ने कभी ध्यान नहीं दिया। उस रात बाएँ फुटपाथ पर चमकती एक लाल बत्ती ने मेरा ध्यान खींचा। एक रेस्तराँ था, उसका नाम था ले कालांक। मैं उसमें घुसा। रोशनी छत पर लगे एक छोटे-से लैम्प से बरस रही थी। चार लोग एक मेज़ पर ताश खेल रहे थे। एक काले बालों वाला आदमी जिसकी मूँछें थीं, वह उठा और मेरी तरफ़ बढ़ा। "जनाब डिनर के लिए आए हैं? उसके लिए पहली मंज़िल पर जाएँ।" मैं सीढ़ी से उनके पीछे-पीछे चला। वहाँ भी, सिर्फ़ एक मेज़ पर चार लोग थे, दो पुरुष और दो स्त्रियाँ—काँच की बड़ी खिड़की के पास। उसने मुझे बाईं तरफ़ लगी पहली मेज़ की ओर इशारा किया, सीढ़ी के पास ही। बाकी लोगों ने मुझ पर बिलकुल ध्यान नहीं दिया। वे आहिस्ता-आहिस्ता बातें कर रहे थे, हँसी भरी फुसफुसाहट। मेज़ पर तोहफ़ों के पैकेट खुले रखे थे, मानो वे किसी का जन्मदिन मना रहे हों, या किसी पर्व की पूर्वसंध्या। लाल रूमाल पर व्यंजन सूची थी। मैंने पढ़ा, 'वॉटरज़ोई द प्वासों।' अन्य व्यंजनों के नाम महीन अक्षरों में लिखे थे, जिन्हें इस चौंधियाती, लगभग उजली रोशनी में पढ़ नहीं पा रहा था मैं। मेरे बगल में, वे 'खी-खी' कर, मुँह दबा कर हँस रहे थे।

'वॉटरज़ोई द प्वासों।' मैंने सोचा कि इस जगह पर आने वाले ग्राहक

कैसे होते होंगे। किसी मठ के सदस्य जो धीमी आवाज़ में आपस में एक-दूसरे को पता बताते होंगे या फिर, भटके हुए लोग एक मेज़ के इर्द-गिर्द अनन्तकाल तक बैठे रहें शायद ? अब मैं ठीक से समझ नहीं पा रहा था कि मैं यहाँ पर क्यों आया था। निस्संदेह यह हेलेन नावाशीन का जाना होगा, जिसने मेरे अंदर यह बेचैनी का भाव जगा दिया होगा। और फिर वह इतवार की एक शाम थी, और इतवार की शामें अजीब-सी यादें छोड़ जाती हैं, आपके जीवन के नगण्य छोटे -छोटे अंतराल। स्कूल या बैरक में वापस जाना ज़रूरी था। आप किसी स्टेशन के प्लेटफ़ॉर्म पर इंतज़ार करते थे, जिसका नाम अब याद नहीं है आपको। कुछ समय बाद, आप किसी छात्रावास की नीली बत्ती में एक हॉल में सोते थे। और अब, मैं ले कालांक की एक मेज़ पर बैठा हुआ हूँ, जिस पर लाल मेज़पोश बिछा हुआ है, और वे वॉटरज़ोई द प्वासों परोस रहे हैं। वहाँ पर, वे मुँह दबा कर हँस रहे हैं। दो में से एक पुरुष ने मेमने के ऊन की टोपी पहनी हुई है। उसका चश्मा और उसका पतला फ्राँसीसी चेहरा इस तरह की रूसी या पोलिश भालाधारी घुड़सवार वाली केशसज्जा के साथ जम नहीं रहा था। चापस्का। हाँ, इसे चापस्का कहा जाता था। और वह अपने बगल में बैठी सुनहरे बालों वाली लड़की के कंधे के गड्ढे को चूमने के लिए झुक रहा था, लेकिन वह उसे ऐसा करने नहीं दे रही थी और बाकी लोग हँस रहे थे। मेरे लाख चाहने के बावजूद, उनकी हँसी में शामिल होना मेरे लिए मुमकिन नहीं था। मैं समझता हूँ कि अगर मैं उनकी मेज़ की तरफ़ बढ़ता भी तो वे मुझे नहीं देखते और अगर मैं उनसे बात करने की पहल करता, तो उन्होंने मेरी आवाज़ तक नहीं सुनी होती। मैं कुछ ठोस ब्यौरों से संबंध जोड़ने की कोशिश कर रहा था। ले कालांक, कूतलरी मार्ग। यह बेचैनी शायद इस सड़क की भौगोलिक स्थिति की वजह से थी। ये रास्ता, सेन नदी के किनारे पुलिस मुख्यालयों की बड़ी इमारतों तक पहुँचाता था। इन इमारतों की खिड़की में कोई बत्ती नहीं जलती थी। मैं मेज़ पर बैठा रहा, समय काट रहा था कि कब मैं इस जगह पर ख़ुद को अकेला पाऊँगा। यहाँ तक कि शातले चौक की जगमग भी मुझे आश्वस्त नहीं कर रही थी। न ही दूर, सैं-जरमैं ल'ओक्सेरवा का होना जहाँ तक पहुँचने के लिए सुनसान घाटों से हो कर जाना पड़ता। उस आदमी ने अपना चापस्का उतार दिया था और अपना माथा पोंछ रहा

था। कोई भी मुझसे पूछने के लिए नहीं आ रहा था कि मैं खाने के लिए क्या मँगवाना चाहता था। हालाँकि, मैं एक कौर भी निगलने में असमर्थ रहता। एक रेस्तराँ जिसका नाम था ले कालांक, उसमें एक वॉटरज़ोई द प्वासों...इन शब्दों में कुछ था जो बेचैनी पैदा कर रहा था। इतवार की शामों की बेताबी पर काबू पाने में कामयाब होना और मुश्किल लगता जा रहा था।

~

मैंने सोचा कि बाहर, कहीं रात वाली बस का इंतज़ार तो नहीं करना पड़ेगा। मगर अपने होटल के कमरे में अकेला लौटने के ख़याल से घबराहट हावी हो गई। पौर्त्त द'औरलेयों का मुहल्ला मुझको अचानक उदास लगने लगा, शायद इसलिए कि वह मुझे हाल के बीते दिनों की याद दिलाता था : मोंरूज की दिशा में दूर होती जाती मेरे पिता की आकृति—जिन्हें देखकर कोई भी कहता कि वे उस टोली में शामिल होने जा रहे थे, जिन्हें फाँसी लगने वाली थी और वे सारी मुलाकातें जो हो न सकीं ज़ेय्येर में, रौंतौन्द में और इस इलाके के आख़िरी पड़ाव पर...यह वो समय था जब मुझको हेलेन नावाशीन के साथ की ज़रूरत होती। उसके साथ, मुझे अपने कमरे में वापस आना दिलासा देता था और हम लोग तो इतवार की इन निर्जन सुनसान सड़कों को पैदल ही पार करके रास्ता तय कर लेते। हम और भी ज़्यादा ज़ोर से हँसते, अभी ले कालांक में चापस्का वाले शख़्स और उसके मेहमानों से भी ज़्यादा ज़ोर से।

ख़ुद को हौसला देने के लिए, मैंने सोचा कि सब कुछ उतना विषादग्रस्त नहीं है, जितना पौर्त्त द'औरलेयों का मुहल्ला। गर्मियों के दिनो में, वहाँ पर, काँसे का बड़ा-सा शेर, पेड़ के पत्तों की छाँव में बैठा हुआ और हर बार जब मैं दूर से देखता था, तब क्षितिज पर उसकी उपस्थिति मुझे आश्वस्त करती थी। वह अतीत पर नज़र रखता था, और भविष्य पर भी। उस रात यही शेर मुझे रास्ता दिखाएगा। मुझे इस प्रहरी पर भरोसा था।

मैंने सैं-जरमैं-ल'ओक्सेरेवा तक अपने कदम तेज़ किए। जब मैं रीवोली के वृक्षों से ढँके रास्ते पर पहुँच गया, तब कुछ ऐसा हुआ मानो मुझे झटके से

जगा दिया गया हो। ले कालांक...चापस्का वाला आदमी जो उस सुनहरे बालों वाली लड़की को चूमने की कोशिश कर रहा था...घने पेड़ों की छाँव में सड़क पर चलते हुए, मुझे महसूस हुआ जैसे मैं वापस खुली हवा में आ गया हूँ। बाईं तरफ़, लूव्र महल और जल्दी ही मेरे बचपन का त्यूलरी उद्यान। जैसे ही मैं कौंकौर्द की तरफ़ बढ़ूँगा, मैं अनुमान लगाने की कोशिश करूँगा कि उद्यान के लोहे के फाटक के पीछे क्या था, अंधेरे में, पहला तालाब, हरियाली रंगभूमि, झूले, दूसरा तालाब...खुले आसमान में साँस लेने के लिए अब सिर्फ़ कुछ और कदम। एकदम सीधे। और शेर, अंत में, प्रहरी की तरह बैठा, चौराहे के बीचोंबीच...उस रात, शहर कुछ ज़्यादा ही रहस्यमय था। और इससे पहले मैंने अपने चारों तरफ़ ऐसी गहन ख़ामोशी कभी नहीं महसूस की थी। एक भी गाड़ी नहीं थी। अभी थोड़ी ही देर में, मैं कौंकोर्द चौक पार करूँगा; बग़ैर लाल और हरी बत्तियों की फ़िक्र किए हुए, जैसे कोई घास के मैदान में टहलता हो। हाँ, मैं फिर से ख़्वाब में था, लेकिन यह ख़्वाब अभी-अभी कालांक वाले ख़्वाब से ज़्यादा सुखद था। गाड़ी उस वक्त प्रकट हुई जब मैं पिरामिड चौक पर पहुँचने वाला था और तभी पाँव में दर्द महसूस हुआ, मेरी नींद टूट रही थी।

दुर्घटना के बाद, मीराबो क्लिनिक के कमरे में, मेरे पास मनन-चिंतन करने के लिए समय था। मुझे सबसे पहले वह कुत्ता याद आया जो मेरे बचपन में, एक रोज़ दोपहर में कुचल गया था, उसके बाद की एक घटना जो उसी दौर की थी, धीरे-धीरे मेरी स्मृति में वापस आ रही थी। उस समय तक, मुझे लगता है कि मैंने उसके बारे में सोचना टाला हुआ था। सिर्फ़ ईथर की महक मुझे इसकी याद दिलाती थी कभी-कभी, वह काली और सफ़ेद गंध जो आपको ज़िन्दगी और मौत के बीच के एक नाजुक से संतुलन तक ले जाती है। ताज़गी और आख़िरकार खुली हवा में साँस लेने का एहसास, लेकिन रह-रह कर, परदे में होने की घुटन भी। एक रात पहले, ओतेल-दीय में, मुझे सुलाने के लिए जब उस शख़्स ने मेरे मुँह पर जाब लगाया था, तब मुझे याद आया था कि वे पल मैं पहले जी चुका था। 'उसी रात को, वही दुर्घटना, वही ईथर की गंध।'

यह एक स्कूल से बाहर की बात है। आँगन से एक सड़क दिखती थी जो हल्की ढाल से उतरती हुई जाती थी, दोनों तरफ़ पेड़ों की कतारें और घर, मैं नहीं जानता कि वे बँगले थे, गाँव की हवेलियाँ थीं या शहर के बाहरी इलाकों की कोठियाँ। अपने पूरे बचपन के दौरान, मैं ऐसी अलग-अलग तरह की जगहों पर रहा हूँ कि उनमें अंतर समझने में मैं उलझ जाता हूँ। इस एवेन्यू की जो याद मैंने संजो रखी है, वह शायद बीयारिट्ज़ के एक एवेन्यू से मिलती है या जूई-औं-जोसाज़ की ढलान वाली सड़क जैसी। उसी दौर में, मैं कुछ समय के लिए इन दो इलाकों में रहा था और मेरा ख़याल है कि वह कुत्ता, जूई-औं-जोसाज़ में, डॉक्टर-कूरज़ेन्न मार्ग पर कुचला गया था।

मैं ढलती दोपहर में कक्षा से बाहर निकल रहा था। वह ज़रूर जाड़े का मौसम रहा होगा। अंधेरा हो गया था। मैं फ़ुटपाथ पर इंतज़ार में खड़ा था कि कोई मुझको लेने के लिए आए। कुछ ही देर में मेरे आस-पास कोई नहीं होगा।

स्कूल का दरवाज़ा बन्द था। खिड़कियों में अब रोशनी नहीं थी। मुझे मालूम नहीं था कि घर तक पहुँचने के लिए कौन-सा रास्ता लेना है। मैं सड़क पार करना चाहता था लेकिन जैसे ही मैं फ़ुटपाथ से उतरा, एक छोटे ट्रक ने झटके से ब्रेक लगाई और मुझे धक्का लगा दिया। मुझको एड़ी में चोट लग गई थी। उन्होंने मुझे पीछे तिरपाल पर लिटा दिया। उन दोनों आदमियों में से एक, मेरे साथ था। जब इंजन चालू हुआ, एक औरत गाड़ी में चढ़ी। मैं उसे जानता था। घर में, मैं उसके साथ रहता था। मुझे उसका चेहरा याद आता है। वह जवान थी, उम्र लगभग पच्चीस साल, सुनहरे या एकदम हल्के भूरे बाल, गाल पर कटे का निशान। वह मेरी तरफ़ झुकी और मेरा हाथ पकड़ा। वह हाँफ़ रही थी, मानो वह दौड़ कर आई हो। वह हमारे बगल में बैठे आदमी को कुछ समझा रही थी कि गाड़ी ख़राब होने की वजह से उसे आने में बहुत ज़्यादा देर हो गई। उसने उस आदमी से कहा, ''वह पेरिस से आ रही थी।'' वह छोटा ट्रक उद्यान के लोहे के फाटक के आगे रुक गया। उन दोनों में से एक आदमी मुझे पकड़े हुए था और हम बाग को पार कर रहे थे। उस औरत ने अभी तक मेरा हाथ थाम रखा था। हम लोग घर के अन्दर चले गए। मैं एक बिस्तर पर लेटा हुआ था। उजली दीवारों वाला एक कमरा था। दो नन मेरी ओर झुकी हुई थीं, उजली साफ़े में उनका चेहरा कसा हुआ था। उन्होंने मेरे मुँह पर वही वाला काला जाब लगाया जैसा ओतेल-दीय में था। और नींद आने से पहले मुझे ईथर की उजली और काली गंध महसूस हुई।

~

उस दिन दोपहर में, क्लिनिक से बाहर आने पर, मैंने घाट वाला रास्ता पकड़ा, ग्रनेल पुल की तरफ़। मैं याद करने की कोशिश कर रहा था कि गुज़रे वक्त में मेरे जागने पर क्या हुआ था, क्रिश्चियन नन के घर पर। जो भी हो, सफ़ेद दीवारों वाला कमरा जहाँ मुझको लाया गया था वह मीराबो क्लिनिक के जैसा था। और ईथर की महक वैसी ही थी जैसी ओतेल-दीय में। यह मुझको मेरी खोज में मदद कर सकता था। कहते हैं, गंध ही अतीत को सबसे बेहतर तरीके

से पुनर्जीवित करती है, और ईथर की महक का हमेशा से मुझ पर एक अजीब-सा असर रहा है। यह मुझे अपने बचपन की महक-सी लगती है, लेकिन चूँकि इसका संबंध नींद से था और कि यह दर्द को भी गायब कर देती थी, जिन छवियों पर से वह पर्दा उठा रही थी, वे तुरन्त ही गड्डमड्ड होती जा रही थीं। निस्संदेह उसी की वजह से मेरे बचपन की स्मृतियाँ इतनी धुँधलाई-सी हैं। ईथर एक ही साथ यादें जगाती भी है और उन्हें भुला भी देती है।

स्कूल की छुट्टी, तिरपाल वाला छोटा ट्रक, क्रिश्चियन ननों का घर...मैं बाकी ब्यौरों की तलाश में था। मैं ख़ुद को एक गाड़ी में किसी औरत के बगल में देख रहा था, वह गाड़ी का दरवाज़ा खोल रही थी और गाड़ी एक पगडंडी से गुज़र रही थी...घर की पहली मंज़िल पर उसका एक कमरा था, गलियारे के अंत में आख़िरी कमरा। मगर यादों के ये टुकड़े इतने टूटे-फूटे थे कि चित्त में उन्हें उतार पाने में असफल था मैं। बस चेहरा भर साफ़ था, उस पर लगे कटे के निशान के साथ, और मुझे सचमुच पूरा विश्वास था कि यह वही चेहरा था, उस दिन रात को ओतेल-दीय वाला चेहरा।

घाट के किनारे-किनारे चलते हुए, मैं आल्बोनी मार्ग के कोने तक पहुँच गया था, उस खाली जगह पर जहाँ से ज़मीन से ऊपर की मेट्रो लाइन है। चौक थोड़ी और दूरी पर था, सड़क की लम्बाई में। मैं ठहर गया, अनचक्के, एक भीमकाय इमारत के सामने, जिसमें लोहे के फ्रेम में एक काँच का दरवाज़ा लगा हुआ था। मेरा दिल किया कि यह दरवाज़ा लाँघूँ, चौकीदार से पूछूँ कि जाकलीन बोसेरजौं किस मंज़िल पर रहती है और अगर वह वाकई वहाँ रहती है, तो उसके दरवाज़े पर जाकर घंटी बजाऊँ। वैसे यह मेरा तरीका बिलकुल नहीं था कि अनपेक्षित, किसी के घर पहुँचकर अपना परिचय दूँ। मैंने कभी किसी से कोई याचना नहीं की थी, न ही किसी से कोई मदद माँगी थी।

स्कूल से निकलने पर हुई इस दुर्घटना और उस रात की दुर्घटना के बीच कितना वक्त गुज़र गया था? मुश्किल से, पंद्रह साल। पुलिस की गाड़ी वाली और ओतेल-दीय वाली औरत कम उम्र की लग रही थी। पंद्रह सालों में लोग ज़्यादा नहीं बदलते हैं। मैं मेट्रो पास्सी के स्टेशन तक सीढ़ियाँ चढ़ा और उस

छोटे से स्टेशन पर ट्रेन का इंतज़ार करते हुए, मैं वे सुराग ढूँढ रहा था जो मुझे यह जानने की इजाज़त देंगे कि यह, आल्बोनी चौक वाली औरत वही पंद्रह सालों पहले वाली औरत थी। उस जगह का भी नाम पक्का करना होगा, जहाँ पर स्कूल था, क्रिश्चियन ननों का घर और वह दूसरा घर जहाँ पर मुझे कुछ समय के लिए रहना पड़ा था और जहाँ पर उसका कमरा गलियारे के छोर पर था। यह तब की बात होगी जब बीयारिट्ज़ और जूई-औं-जोसाज़ में कुछ दिन मुकाम रहा था। उससे पहले? दोनों के बीच में? कालक्रम के अनुसार, पहले बीयारिट्ज़ फिर जूई-औं-जोसाज़। और जूई-औं-जोसाज़ के बाद, पेरिस वापसी और स्मृतियाँ जो निरन्तर साफ़ होती चली गईं, क्योंकि मैं उम्र के उस हिस्से में पहुँच गया था, जब सूझ-बूझ होने लगती है। सिर्फ़ मेरे पिता मुझे हल्की-सी जानकारी दे सकते थे मगर वे इतनी बड़ी दुनिया में कहीं गुम हो गए थे। सो अब मुझे ख़ुद ही सँभालना था और यह निरा स्वाभाविक था। मेट्रो सेन नदी पार कर रही थी। नदी के बाएँ घाट की तरफ़ वह इमारतों के किनारे-किनारे से निकलेगी, जिनकी हर रौशन खिड़की मेरे लिए एक पहेली थी। एक बेहद आश्चर्यजनक बात थी कि दुर्घटना से पहले वाले सप्ताह में एक रोज़ शाम को, अचानक मेट्रो में, मैं डॉक्टर बूवियेर से टकरा गया था। उन्हें हमारी इस मुलाकात पर ज़रा-सा भी आश्चर्य नहीं हुआ और उन्होंने मुझे समझाया कि वही परिस्थितियाँ, वही चेहरे घूम-घूम कर अक्सर हमारे जीवन में आते रहते हैं। आने वाली बैठकों में से किसी एक में, वे 'शाश्वत पुनरागमन' के विषय पर चर्चा करेंगे, उन्होंने मुझसे कहा था। मुझे महसूस हुआ था मानो वह मुझे कोई राज़ बताने वाले थे। "आप उस दिन मुझको अजीब-सी हालत में देख कर बेशक हैरान हुए होंगे।" वे मुझे गौर से, निहायत कोमल नज़रों से देखते रहे। उनके चेहरे और गर्दन पर अब कोई नील नहीं था। "देखो, मेरे बच्चे...कुछ है, जिसको काफ़ी समय से मैं अपने आप से भी छुपाता रहा हूँ...कुछ ऐसा जिसके साथ दिन की रोशनी में, मैं कभी सहज नहीं हुआ।" फिर उन्होंने ख़ुद को सँभाला। उन्होंने सिर हिलाया। "माफ़ करना..." वे मुझे देखकर मुस्कुराये। वे ज़ाहिर तौर पर मुक्त लग रहे थे। आख़िर इस स्वीकारोक्ति ने मन पर से एक भारी बोझ उतार दिया था। उन्होंने नगण्य चीज़ों के बारे में बहुत ज़्यादा ही मुखर होकर बातें की थीं, मानो वे चीज़ों

पर पर्दा डालना चाह रहे हों। वे उठ कर खड़े हुए और पीगाल स्टेशन पर उतर गए थे। मैं उनके लिए थोड़ा फ़िक्रमंद था।

~

उस दिन ढलती दोपहर में, मेट्रो से बाहर निकलने पर, मैं एक दवाख़ाने में गया था। मैंने वह पर्ची दिखाई जो मुझे क्लिनिक में यह समझा कर दी गई थी कि मुझे पट्टी किस तरह लगानी होगी। दवाख़ाने वाले ने मेरी चोट की वजह जाननी चाही। जब मैंने उसे बताया कि मुझे एक मोटरगाड़ी ने धक्का मार दिया था, उसने मुझसे कहा था, "मुझे उम्मीद है कि आपने शिकायत दर्ज करवा दी है..." उसने ज़ोर दिया, "तो, आपने शिकायत दर्ज करवाई?..." और मेरी मजाल नहीं हुई कि मैं उसे वह काग़ज़ दिखाता, जिस पर मैंने मीराबो क्लिनिक में दस्तख़त किया था। वह काग़ज़ मुझको बड़ा अजीब लग रहा था। मेरा इरादा, अपने कमरे में लेटकर, उसे आराम से पढ़ने का था। जब मैं दवाख़ाने से जाने लगा, उसने मुझसे कहा था, "और हर बार अपने घाव को एंटीसेप्टिक से साफ़ करना भूलिएगा मत।"

होटल लौटने पर, मैंने जाकलीन बोसेरजौं, आल्बोनी चौक का टेलीफ़ोन नम्बर पता करने के लिए सूचना कार्यालय को फ़ोन किया। इस चौक के सभी नम्बरों के लिए अनजाना नाम। मेरा कमरा मुझको हमेशा से ज़्यादा छोटा लगा, मानो मैं उसमें कई बरसों के बाद गया होऊँ या कि मैं उसमें अपने किसी पूर्व जीवन में रहा था। क्या यह संभव है कि उस रात की दुर्घटना ने मेरी ज़िन्दगी में एक ऐसी दरार डाल दी थी कि अब के बाद से, एक पहले और एक बाद का जीवन होगा? मैंने नोट गिने। किसी भी सूरत में, मैं कभी भी इतना अमीर नहीं रहा था। कुछ समय के लिए पेरिस में इस पार से उस पार की थकाऊ दौड़-धूप का दौर ख़त्म हुआ, जब मैं अपना बोझ एक किताब की दुकान पर जाकर उतारता था, ज़रा से मुनाफ़े के लिए, वे किताबें जिन्हें किसी और किताब की दुकान से ख़रीद कर लाता था।

मुझको एड़ी में दर्द हो रहा था। पट्टी बदलने की हिम्मत नहीं हो रही थी।

मैं बिस्तर पर लेट गया था, सिर के पीछे हाथ बाँधे हुए और मैं अतीत पर चिंतन करने की कोशिश कर रहा था। मुझे इसकी आदत नहीं थी। लम्बे समय से, अपने बचपन को भुलाने के लिए जी-जान लगा दिया था, उसके लिए मन में कोई उदासी महसूस किए बिना। मेरे पास कोई तस्वीर नहीं थी, उस दौर का कोई सामान नहीं, सिवाय टीकाकरण की एक पुरानी पुस्तिका के। हाँ, अपने बचपन की हर बात को ध्यान लगाकर सोचने की कोशिश, स्कूल से बाहर निकलने पर, छोटे ट्रक और क्रिश्चियन ननों वाली घटना बीयारिट्ज़ और जूई -औं-जोसाज़ के बीच घटित हुई थी। तो इसका मतलब मैं लगभग छह साल का था। जूई-औं-जोसाज़ के बाद, पेरिस और पों द लोदी मार्ग का प्राथमिक विद्यालय, उसके बाद समूचे फ्राँस में विभिन्न बोर्डिंग स्कूल व छात्रावास— सैंलो, लाओत साव्आ, बोर्दो, मेट्ज़, पुनः पेरिस, जहाँ आज तक हूँ। सारांश में, मेरी ज़िन्दगी का एकमात्र रहस्य, एकमात्र सिरा जो बाकी चीज़ों से नहीं जुड़ा था, वह थी छोटे ट्रक के साथ वह पहली दुर्घटना और वह युवती या लड़की जिसे, उस शाम को देर हुई थी। 'क्योंकि उसकी गाड़ी ख़राब हो गई थी और वह पेरिस से आ रही थी।' और उसके बाद फिर वह उस रात का सदमा था, पिरामिड चौक पर, जिससे यह भूली-बिसरी घटना फिर से सतह पर उतराने लगी। क्या सोचते डॉक्टर बूवियेर इस घटना के बारे में? क्या दौंफ़ेर-रोशरो के शाश्वत पुनरागमन के विषय पर अपने अगले सम्मेलन में, व्याख्या करने के लिए बहुत सारे अन्य उदाहरणों के साथ वह इसका भी दृष्टान्त देते? लेकिन वह सिर्फ़ इतनी-सी बात नहीं थी। मुझे लग रहा था कि मेरी ज़िन्दगी के अज्ञात क्षितिज पर एक सुराख़ खुल गया था।

मैं उठा और मैंने अलमारी की सबसे ऊँची ताक़ पर से गहरा नीला गत्ते का डिब्बा निकाला, जिसमें मैंने वे सारे पुराने काग़ज़ात सँभाल कर रखे थे जो बाद में मेरे धरती पर अवतरित होने को सिद्ध करते। एक जन्म प्रमाण-पत्र जिसके लिए हाल में ही महापौर के दफ़्तर में आवेदन दिया था ताकि वे मुझे मेरा पासपोर्ट जारी कर दें, ग्रनोब्ल अकादमी का एक प्रमाण-पत्र जो साबित करता था कि मैंने बारहवीं की परीक्षा उत्तीर्ण की थी, पशु संरक्षण सोसायटी की सदस्यता का एक कार्ड और मेरी मिलिट्री पुस्तिका में, मेरे बपतिस्मा का

प्रमाण-पत्र जो बीयारिट्ज़ के सैं-मारतां गाँव में बना था और बहुत पुरानी टीकाकरण की पुस्तिका थी। मैंने उसे खोला और टीकों की सूची उनकी तिथि सहित पहली बार पढ़ी, उनमें से एक बीयारिट्ज़ में डॉक्टर वाला ने लगाई थी। फिर, छह महीने बाद, एक और टीका डॉक्टर दीव्आर द्वारा, फ़ोसोम्ब्रोन्न-ला-फ़ोरे, ल्वार-ए-शेर में, जैसा कि मुहर बता रही थी। उसके बाद एक और काफ़ी बरसों के बाद, पेरिस में...उसका संकेत, मुझे मिल गया था। यह घास के ढेर में खोई हुई एक सुई रह जाएगा, या फिर, अगर मैं ख़ुशकिस्मत हुआ, एक धागा जिसकी बदौलत मैं समय के पथ पर पीछे लौटूँगा, डॉक्टर दीव्आर, फ़ोसोम्ब्रोन्न-ला-फ़ोरे।

फिर मैंने दुर्घटना की रिपोर्ट पढ़ी जो उस लम्बे-चौड़े काले बालों वाले आदमी ने मुझको क्लिनिक से बाहर आने पर सौंपी थी और जिसकी एक प्रतिलिपि उसने रख ली थी। मुझे उस वक्त एहसास नहीं हुआ था कि वह मेरे अपने नाम पर थी और उसकी शुरुआत इस प्रकार थी "मैं अधोहस्ताक्षरी..." और शब्दों के प्रयोग से किसी को यही अंदाज़ा लगता कि दुर्घटना का ज़िम्मेदार मैं ही था..."पिरामिड चौक पार करते समय, रीवोली मार्ग पर वीथिका के पास और कौंकौर्द की दिशा में, मैंने गाड़ी को आते हुए नहीं देखा, फ़िएट गाड़ी, हल्के नीले रंग की, गाड़ी का नम्बर 3212FX75, गाड़ी चलाने वाली, सुश्री जाकलीन बोसेरजौं ने मुझसे दूर हटने की कोशिश की, कुछ इस तरह से कि गाड़ी चौक की एक वीथिका से टकरा गई..." हाँ, निस्संदेह यही सच था। वह गाड़ी तेज़ी से नहीं जा रही थी और मुझे पार करने से पहले बाईं तरफ़ देखना चाहिए था, लेकिन उस रात, मैं बेहोशी की हालत में था। जाकलीन बोसेरजौं। इस नाम का कोई भी व्यक्ति आल्बोनी चौक पर नहीं है, सूचना कार्यालय के हवाले से लेकिन वह इसलिए था कि उसका नाम टेलीफ़ोन डाइरेक्टरी में नहीं था। मैंने पूछा था कि इस इलाके में इमारतों की संख्या कितनी है। तेरह। थोड़े सब्र से काम लेने पर मुझे अंत में पता चल जाएगा कि वह किसमें रहती है।

बाद में, मैं अपने कमरे से नीचे गया और मैंने फिर से सूचना कार्यालय को फ़ोन किया। फ़ोसोम्ब्रोन्न-ला-फ़ोरे में कोई डॉक्टर दीव्आर नहीं थे। मैं

थोड़ा लंगड़ाते हुए, उस छोटी किताब की दुकान तक गया, जूरदां पथ की शुरुआत में। वहाँ पर मैंने ल्वार-ए-शेर का एक मिशेलाँ नक्शा ख़रीदा। आधी सड़क से, मैं बाबेल कॉफ़ी हाउस की दिशा में वापस मुड़ा। मेरे पैर में बहुत दर्द था। मैं अहाते में लगी मेज़ों में से एक पर बैठ गया, वह बड़ी शीशे की खिड़कियों से घिरी हुई थी। दीवार घड़ी देख कर मुझे हैरत हुई कि अभी शाम के सिर्फ़ सात बजे थे और हेलेन नावाशीन के चले जाने का मुझे वाकई अफ़सोस हो रहा था। किसी से बात करना मुझे सुकून देता। थोड़ी और दूर, जेनवियेव दालाम के घर तक पैदल जाऊँ? लेकिन वह ज़रूर डॉक्टर बूवियेर की संगत में होगी, अगर डॉक्टर अभी तक पिगाल में नहीं होगा तब। सबको अपनी ज़िन्दगी अपने अंदाज़ से जीने के लिए छोड़ देना चाहिए। तो ऐसा है कि मैं अकस्मात् जेनवियेव दालाम के घर की घंटी बजाने नहीं जा रहा था...सो मैंने मिशेलाँ नक्शा खोला और उस पर फ़ोसोम्ब्रोन्न-ला-फ़ोरे को खोजने में मुझे बहुत देर लगी। लेकिन मेरे लिए यह बहुत ज़रूरी था और इसने मेरा अकेलापन भुला दिया। आल्बोनी चौक। फ़ोसोम्ब्रोन्न-ला-फ़ोरे। मुझे कोई महत्त्वपूर्ण चीज़ पता चलने वाली थी और वह मेरे जीवन की धारा बदल सकती थी।

घाट पर, जहाँ से आल्बोनी मार्ग शुरू होता है, दो कॉफ़ी हाउस एक-दूसरे के आमने-सामने थे। दाँईं तरफ़ वाले में लोग ज़्यादा आते थे : वहाँ पर सिगरेट और अख़बार बिकता था। अंततः मैंने उस जगह के मालिक से पूछा कि क्या वह किसी जाकलीन बोसेरजौं को जानता है। नहीं, उसके ज़हन में कोई छवि नहीं उभरी। सुनहरे बालों वाली एक औरत जो आस-पास कहीं रहती है। उसकी गाड़ी से एक दुर्घटना हुई थी। नहीं, वह नहीं जानता था, लेकिन अगर मैं थोड़ी दूरी पर, उस बड़ी गैराज में जाकर पता करूँ, त्रोकादेरो के उद्यानों से पहले, घाट पर, वही जो ख़ास तौर से अमरीकन गाड़ियों की बिक्री करता है। उसके पास ग्राहकों की कमी नहीं है मुहल्ले में। उसे चेहरे पर चोट लगी हुई थी ? ऐसी चीज़ें ठीक हो जाती हैं। गैराज में ही जाकर पूछिए। उसे मेरे सवाल पर आश्चर्य नहीं हुआ और उसने उसका जवाब नम्र स्वर में दिया, ज़रा-सी ऊब थी, जबकि मुझे उसके सामने जाकलीन बोसेरजौं का नाम लेने का अफ़सोस हुआ। हमें इंतज़ार करना चाहिए कि दूसरे लोग स्वाभाविकता से आपके पास आएँ। एकाएक कदम नहीं बढ़ाने चाहिए। स्थिर और शांत रहकर माहौल में घुल-मिल जाना होता है। मैं हमेशा सबसे अलग-थलग रखी मेज़ पर बैठता था। और इंतज़ार करता रहता था। मैं वो शख़्स था जो सूरज ढलने के समय किसी तालाब के किनारे ठहर जाए और शांत जल पर हर तरह की हलचल देखने से पहले, अपनी आँखों को अंधेरे का अभ्यस्त हो जाने दे। पड़ोस की सड़कों में घूमते हुए, मेरा यकीन गहराता जा रहा था कि मैं बग़ैर किसी से पूछे, उसे ढूँढ लूँगा। मैं एक संवेदनशील इलाके में चल रहा था और मुझको वहाँ तक पहुँचने में बहुत वक्त लगा। पेरिस में मेरी सारी चहलकदमी, नदी के बाएँ किनारे से वैंसेन्न उपवन और बूलोन्य उपवन तक मेरे बचपन का सफ़र, दक्षिण से उत्तर तक, अपने पिता से मुलाकातें और बीते सालों के दौरान मेरी अपनी भटकन, ये सभी चीज़ें मुझको सेन नदी के किनारे, पहाड़ी की ढाल पर बसे इस मुहल्ले तक ले आई थी, एक मुहल्ला जिसके बारे में सीधे तौर पर नहीं कहा जा सकता

था कि वह 'रिहायशी' था या 'बेनाम।' एक चिट्ठी जिस पर पंद्रह साल पहले की तारीख़ थी और जो मुझको एक दिन पहले मिली थी, उसमें किसी ने मुझे वहाँ पर मिलने के लिए बुलाया था। मगर मेरे लिए बहुत ज़्यादा देर नहीं हुई थी; कोई अभी भी मेरी राह देख रहा था, इन खिड़कियों में से एक के पीछे, सारी एक-सी, इन इमारतों के अगले हिस्से में, सब एक-दूसरे से मिलती-जुलती हैं।

~

एक दिन सुबह जब मैं आल्बोनी मार्ग और घाट के कोने पर, दाईं तरफ़ वाले कॉफ़ी हाउस में बैठा हुआ था, एक आदमी अन्दर आया। उसके साथ एक दूसरा आदमी भी था और वे काउंटर पर बैठ गए। मैं तुरन्त उस लम्बे-चौड़े काले बालों वाले आदमी को पहचान गया। उसका गहरा ओवरकोट वही वाला था, जो उसने दुर्घटना की रात को और मीराबो क्लिनिक से मेरी छुट्टी होने वाले दिन पहना हुआ था।

मैं अपने क्रोध पर काबू रखने की कोशिश कर रहा था। उसने मेरी उपस्थिति पर गौर नहीं किया था। मैं उन्हें पीठ की तरफ़ से देख रहा था। दोनों काउंटर पर बैठे हुए। वे बहुत धीमे स्वर में बात कर रहे थे। दूसरा वाला आदमी एक नोटबुक में लिखता जा रहा था और थोड़ी-थोड़ी देर पर, उस लम्बे-चौड़े आदमी की बातें सुनते हुए सिर हिला रहा था। मैं बिलकुल नज़दीक की मेज़ पर बैठा हुआ था, लेकिन उनकी बातें ज़रा भी समझ नहीं पा रहा था। क्यों उसकी ऐसी 'लम्बे-चौड़े काले बालों वाले आदमी' वाली छवि मेरे मन पर पड़ी थी, जब हम लोग साथ-साथ बैठे हुए थे, वह स्त्री और मैं, हॉल के सोफ़े पर। और वह हमारी तरफ़ चल कर आया था? दुर्घटना के सदमे की वजह से, निस्संदेह मेरी नज़र धुँधलायी हुई थी। और उस दिन, क्लिनिक से बाहर निकलने पर, मैं वाकई अपने होशोहवास में वापस नहीं आया था। दरअसल, उसकी रूपरेखा में सुघड़पन की कमी नहीं थी, लेकिन चपटे बाल और चेहरे के नैन-नक्श में ज़रा कुछ क्रूर सा था और वह मुझे किसी अमरीकन अभिनेता की याद दिलाता था, जिसका नाम मैं भूल गया हूँ।

मैं कुछ पलों के लिए झिझका। हालाँकि इस मौके का फ़ायदा उठाना ज़रूरी था। मैं उठा और उसके बगल में आकर मैंने काउंटर पर कुहनी टिका ली। उसकी पीठ आधी मेरी तरफ़ थी, इसलिए उसका ध्यान आकृष्ट करने के लिए मैं झुका हुआ था। उसके साथ वाले दूसरे आदमी का ध्यान गया कि मैं उससे बात करना चाह रहा हूँ। मेरी ओर उँगली से इशारा करते हुए उसने उसके कंधे पर थपकी दी। वह मेरी तरफ़ मुड़ा। मैं चुप रहा, लेकिन मैं नहीं मानता कि यह सिर्फ़ डर की वजह से था। मैं लफ़्ज़ों की तलाश में था। मैं उम्मीद कर रहा था कि वह मुझे पहचान जाएगा। लेकिन वह मुझे चकित और खिन्न नज़रों से घूरता रहा। ''आपसे दोबारा मिलकर ख़ुशी हुई,'' मैंने उसकी तरफ़ हाथ बढ़ाते हुए कहा। उसने अनमने ढंग से हाथ मिलाया। ''हम पहले मिल चुके हैं?'' उसने भवें सिकोड़ते हुए मुझसे पूछा। ''पिछली बार यहाँ से ज़्यादा दूर नहीं। मीराबो क्लिनिक में।'' दूसरा वाला आदमी भी, सर्द निगाह से मुझे एकटक देखे जा रहा था। ''माफ़ कीजिए? मैं समझा नहीं...'' उसके चेहरे पर एक मुस्कान तैर रही थी। ''कहाँ, कहा आपने?—क्लिनिक मीराबो में।—आपसे भूल हो रही है...'' उसकी निगाह ऊपर से नीचे जा रही थी, शायद वह उस ख़तरे का अंदाज़ा लगाना चाहता था, जो मैं उसके लिए पेश कर सकता था। उसका ध्यान मेरे बाएँ जूते पर गया। पट्टी की वजह से, मैंने अपने मोकासां के छेद को बड़ा कर लिया था। अगर मुझे अच्छी तरह याद है तो मैंने चमड़े का एक बड़ा हिस्सा तक काट दिया था, जिससे एड़ी का ऊपरी हिस्सा खुला रह सके और मैंने बग़ैर मोज़े के पट्टी पहनी हुई थी, जैसे अच्छी नस्ल के घोड़े के टखने पर, उसकी कोमलता की वजह से, कभी-कभी बैंडेज लगाते हैं। ''दुर्घटना की बात है,'' मैंने उससे कहा। लेकिन देख कर लग रहा था कि उसे समझ में नहीं आ रहा था। ''हाँ, उस रात की दुर्घटना...। पिरामिड चौक पर...'' वह मुझे ख़ामोशी से देखता रहा। मुझको महसूस हो रहा था कि वह मेरी हँसी उड़ा रहा था। ''वास्तव में,'' मैंने उससे कहा, ''मैं जाकलीन बोसेरजौं की खोज-ख़बर लेना चाहता था...'' उसने अपने मुँह में एक सिगरेट लगाई और दूसरे आदमी ने उसके लिए लाइटर बढ़ाया, बिना मुझ पर से निगाह हटाए। ''मुझे कुछ भी समझ में नहीं आ रहा है कि आप क्या कह रहे हैं, मुँस्युर।'' उसका स्वर काफ़ी तिरस्कारपूर्ण था, वैसा जैसे कोई

किसी आवारागर्द या शराबी के साथ पेश आते समय करता है। कॉफ़ी हाउस का मालिक हमारे करीब आ गया था। अपने एक ग्राहक के प्रति मेरे रवैये से हैरान, जिसका वह आदर करता था—डरता भी था, ऐसा लग रहा था। और यह सच था कि उस चेहरे में और उन काले खड़े बालों में कुछ आकुल करने वाला था। उसकी ज़रा भर्रायी-सी आवाज़ के भारीपन में भी। लेकिन उससे मुझे डर नहीं लग रहा था। बचपन से, मैंने अपने पिता की संगत में इतने अजीब-अजीब लोग देखे हैं...यह आदमी उन सभी से ज़्यादा भयानक नहीं था। ''मैं आपसे यह भी कहना चाहता था...मुझे वाकई इतने सारे रुपयों की कोई ज़रूरत नहीं है...'' और मैंने अपनी जैकेट के अन्दर वाली जेब से नोटों की गड्डी निकाली जो उसने मीराबो क्लिनिक के बाहर मुझे सौंपी थी और जिसे मैं हमेशा अपने पास रखता था। उसने शुष्कता और अवज्ञा से हाथ हिलाया। ''माफ़ कीजिए, सर...बहुत हो गया...'' फिर वह अपने बगल वाले आदमी की तरफ़ मुड़ा। उसके बाद से मेरी मौजूदगी को नज़रअन्दाज़ करते हुए उन्होंने धीमी आवाज़ में अपनी बातचीत दोबारा शुरू कर दी। मैं फिर से अपनी मेज़ पर जाकर बैठ गया। काउंटर के पीछे, मालिक सिर हिलाते हुए मुझको घूर रहा था। लग रहा था कि मुझको बताना चाह रहा था कि मैंने गुस्ताख़ी की है मगर बाल-बाल बच गया।

जब वे कॉफ़ी हाउस से निकले, उन्होंने मुझ पर नज़र भी नहीं डाली। खिड़की के काँच के पीछे से, मैंने उन्हें घाट के फ़ुटपाथ पर चलते हुए देखा। उनका पीछा करने से मैं हिचकिचाया। नहीं, किसी चीज़ में हड़बड़ी नहीं मचानी चाहिए और मुझको उस आदमी के सामने अपना संयम खो देने का अफ़सोस होने लगा था। मुझे अपने स्थान पर ही रहना चाहिए था, बिना उसका ध्यान खींचे, और उसका पीछा करने के लिए उसके जाने का इंतज़ार करता और जान जाता कि वह कौन था और क्या वह मुझे जाकलीन बोसेरजौं तक पहुँचा पाएगा या नहीं। लेकिन यह मौका हाथ से निकल जाने पर, मुझे सारे रास्ते बन्द कर देने का डर हो रहा था।

मालिक काउंटर के पीछे से, अभी तक मुझको घूर रहा था, थोड़ा तिरस्कार के साथ। ''मैंने ज़रूर आदमी पहचानने में ग़लती की होगी,'' मैंने उससे कहा,

"आप इन जनाब का नाम जानते हैं?" एक क्षण को वह सकुचाया, फिर बोल पड़ा, पर मानो खेद के साथ, "सोलियेर।" उसने मुझसे कहा कि मैं ख़ुशकिस्मत था कि इस सोलियेर ने अपने प्रति मेरे रवैये का बहुत ज़्यादा बुरा नहीं माना। "कैसा रवैया?" एक गाड़ी ने उस रात मुझे टक्कर मार दी थी और सीधी-सी बात थी कि मैं उसके ड्राइवर की पहचान करने और उससे मिलने की विधि ढूँढ रहा हूँ। क्या मेरा ऐसा करना जायज़ नहीं था? मेरा ख़याल है कि मैं उसे यह मनवाने में कामयाब हो गया था। वह मुस्कुराया। "मैं समझता हूँ..." "और कौन है, वास्तव में, यह सोलियेर?" मैंने उससे पूछा। वह खुलकर मुस्कुराया। लगा कि मेरे सवाल पर उसे हँसी आ रही थी। "वह किसी पादरी का सेवक तो नहीं है..." उसके टाल-मटोल करने वाले जवाब से मुझे महसूस हुआ कि मुझे उसके बारे में कुछ और पता नहीं चलेगा। "वह इसी मुहल्ले में रहता है?"—"इस मुहल्ले में रहा है, लेकिन अब नहीं रहता, मेरे ख़याल से..." "और आप जानते हैं कि वह शादीशुदा है या नहीं?"—"मैं आपको वह नहीं बता सकता।" अन्य ग्राहकों के आने से हमारी बातचीत भंग हो गई। वैसे भी, अब वह मेरी तरफ़ ध्यान नहीं दे रहा था। यह मानना कि सोलियेर के साथ हुए मेरे आदान-प्रदान को वह महत्त्व दे रहा था, मेरी धृष्टता थी। ग्राहक अन्दर आ रहे हैं और बाहर जा रहे हैं, वे आपस में फुसफुसा रहे हैं। कुछ चीख-चिल्लाहट भी सुनाई दे रही है। कभी-कभी तो, देर रात, पुलिस को बुलाने की नौबत भी आ जाती है। इस कोलाहल और इस आवाजाही में, आख़िर में कुछ चेहरे और कुछ नाम ज़हन में रह जाते हैं। लेकिन बहुत लम्बे समय तक के लिए नहीं।

~

मैं सोच रहा था कि थोड़ी किस्मत अच्छी हो तो मुझे गाड़ी आस-पास कहीं, पार्किंग में, फिर से दिख जाएगी। मैं बड़ी गैराज तक, जो घाट पर है, पैदल चला और पेट्रोल पम्पवाले आदमी से पूछा कि उसके ग्राहकों में, वह किसी सुनहरे बालों वाली महिला को तो नहीं जानता, जिसके साथ अभी हाल में दुर्घटना हुई थी और जिसके चेहरे पर चोट लगी हुई थी। वह एक हल्के नीले

रंग की फ़िएट चलाती थी। उसने एक क्षण के लिए सोचा। नहीं, उसके ध्यान में नहीं आ रहा था। घाट पर, इतनी आवाजाही थी...लगता था मानो कोई बड़ी सड़क हो। वह तो अपने ग्राहकों की शक्ल पर ध्यान भी नहीं देता था अब। बहुत ही ज़्यादा ग्राहक होते थे। और कितनी ही फ़िएट। और कितनी सारी सुनहरे बालों वाली औरतें...मैं थोड़ी और दूर आ गया, त्रोकादेरो के उद्यानों में। पहले मुझे लगा कि मैं इन बाग़ों में पहली बार टहल रहा हूँ, लेकिन एक्वेरियम वाले भवन के सामने, बचपन की एक बेहद धुँधली याद ज़हन में उभर आई। मैंने एक टिकट लिया और अंदर गया। मैं बहुत देर तक काँच के पीछे की मछलियों को निहारने के लिए ठहरा रहा। उनके झिलमिलाते रंग मन में कोई याद जगा रहे थे। कोई मुझे यहाँ लेकर आया था, लेकिन मैं कह नहीं सकता था कि ठीक-ठीक कब की बात रही होगी। बीयारिट्ज़ से पहले? बीयारिट्ज़ और जूई-औं-जोसाज़ के बीच के समय में? या फिर मेरे पेरिस वापस आने के शुरुआती दिनों में, जब मैं सात साल का भी नहीं हुआ था तब? मुझे महसूस हो रहा था कि यह उसी दौर की बात रही होगी, जब स्कूल से निकलने पर उस छोटे ट्रक ने मुझे धक्का दिया था। और फिर सन्नाटे में मछलियों को निहारते हुए, मुझे उस कॉफ़ी हाउस के मालिक का जवाब याद आया, जब मैंने उससे पूछा था कि वास्तव में, यह सोलियेर नाम का आदमी कौन था? "वह किसी पादरी का सेवक तो नहीं है।" स्वयं मैं, रह चुका हूँ पादरी का सेवक, जीवन में बस एक बार। मैं उसके बारे में कभी नहीं सोचता था और यह स्मृति अचानक ही उभर आई थी। किसी गाँव के गिरजाघर में, क्रिसमस की अर्द्धरात्रि प्रार्थना सभा में। और मैंने अपनी स्मृति को चाहे कितना भी खंगाला, वह फ़ोसोम्ब्रोन्न-ला-फ़ोरे की ही बात होगी, वहीं जहाँ पर स्कूल था, क्रिश्चियन ननों का घर था और एक फ़लाँ डॉक्टर दीव्आर थे, जिनके बारे में सूचना कार्यालय ने मुझे इत्तिला दी थी कि उनका नाम अब डाइरेक्टरी की सूची में नहीं था। यह वही थी, कोई और नहीं जो मुझे अर्द्धरात्रि प्रार्थना सभा में और त्रोकादेरो के एक्वेरियम में ले गई थी। छोटे ट्रक के तिरपाल के नीचे उसने मेरा हाथ थाम रखा था और उसका चेहरा मेरी ओर झुका हुआ था। यह निःस्तब्ध कमरा जिसे एक्वेरियम की बत्ती रौशन कर रही थी, उसमें यह स्मृति

और ज़्यादा साफ़ हो गई थी। अर्द्धरात्रि प्रार्थना सभा से लौटने पर, छोटी सड़क में, घर के दरवाज़े तक, किसी ने मेरा हाथ पकड़ रखा था। वही व्यक्ति और मैं यहाँ पर आया था, उसी दौर में, मैंने इन्हीं रंग-बिरंगी मछलियों को निहारा था जो नीरवता में, काँच के पीछे सरक रही थीं। पीछे से कदमों की आहट सुनने और पलटने पर, उस स्त्री को अपने करीब आता देखकर मुझे अचरज नहीं होता, मानो बीच के इतने सालों के कोई मायने नहीं थे। इसके अलावा, फ़ोसोम्ब्रोन्न-ला-फ़ोरे से पेरिस तक, हम उसी गाड़ी में सफ़र करते थे जिसने पिरामिड चौक पर मुझे धक्का मारा था, हल्के नीले रंग की गाड़ी। मेरी तलाश में, पेरिस की सड़कों में उसका रातों को घूमना कभी नहीं थमा।

एक्वेरियम से बाहर निकलने पर, मुझे ठंड लगी। बाग़ की पगडंडियों और घास पर बर्फ़ के छोटे ढेर थे। आसमान एकदम नीला था। अपने जीवन में पहली बार, मुझे महसूस हो रहा था जैसे सब कुछ साफ़-साफ़ देख पा रहा हूँ। यह नीला रंग, जिसमें शाइयो महल स्पष्ट दिख रहा था, यह कड़कती ठंड, बरसों के उनींदेपन के बाद...उस रात की दुर्घटना अच्छे वक्त पर हुई थी। मुझे एक झटके की ज़रूरत थी जो मुझे मेरी तंद्रा से जगाए। मैं धुँध में, अब और चलते नहीं रह सकता था...और यह मेरे बालिग होने से कुछ महीने पहले हुआ था। कितना अजीब इत्तफ़ाक है। परिशुद्धता ने मुझे बचा लिया था। यह दुर्घटना निस्संदेह मेरे जीवन की सबसे निर्धारक घटनाओं में से एक होगी। रीति की एक चेतावनी।

स्कूल और तिरपाल वाला छोटा ट्रक...यह पहली बार था जब मैं पलट कर अतीत को देख रहा था। इसके लिए उस रात की दुर्घटना का सदमा लगना ज़रूरी था। अब तक मैं हर दिन के साथ जीता रहा था। मैं जमी हुई बर्फ़ से ढँकी सड़क पर एक गाड़ीवाला था और जिसके बारे में कहा जा सकता था कि उसकी दृष्टि कमज़ोर थी। पीछे देखने से बचना ज़रूरी था। शायद मैं एक बेहद सँकरे पुल पर निकल चुका था। वापस मुड़ कर जाना नामुमकिन था। पीछे वाले शीशे में एक नज़र भर डालनी थी और मुझे चक्कर आ जाता। लेकिन आज मैं देख सकता था, बिना भय के, इन सारे बेचारे बीते बरसों पर ऊपर

उठ कर विचार करना। कुछ ऐसा था जैसे कि मुझसे इतर कोई था, जिसका मेरी ज़िन्दगी पर एक अवलोकन था, या कि मैं एक स्क्रीन पर अपना एक्सरे देख रहा था। सब कुछ इतना स्पष्ट था, रेखाएँ इतनी सटीक और इतनी तराशी हुईं...जो महत्त्वपूर्ण था बस वही बाकी रह गया था : छोटा ट्रक, वह चेहरा जो तिरपाल के नीचे मेरी ओर झुका हुआ था, ईथर, अर्द्धरात्रि की प्रार्थना सभा और वापसी का रास्ता घर के दरवाज़े तक, जहाँ उसका कमरा पहली मंज़िल पर था, गलियारे के छोर पर।

बीर-हकीम पुल के बाद, गली में, मुझे एक होटल दिखा, जहाँ से घाट दिखता था। तीन दिन के बाद, मुझे रात बिताने के लिए अब पौर्त्त द'औरलेयों जाने का मन नहीं कर रहा था, इसलिए मैंने इस होटल फ्रमिये में एक कमरा लिया, जहाँ बाकी के ग्राहक कैसे होते होंगे, मैं सोच रहा था। एक कमरा जो व्आ-वेर्त्त मार्ग वाले कमरे से ज़्यादा आरामदेह था, इसमें टेलीफ़ोन था और बाथरूम भी। लेकिन मैं ख़ुद को ऐसे ठाठ-बाट की इजाज़त उन नोटों की बदौलत दे पा रहा था जो सोलियेर नामक उस शख़्स ने क्लिनिक से बाहर निकलने पर मुझे दिए थे और जिसे वापस लेने से इनकार किया था। उसकी बला से। मैं वाकई बेवकूफ़ था जो मुझे पछतावा हो रहा था। आख़िरकार, वह किसी पादरी का सेवक तो था नहीं।

रात को, इस कमरे में, मैंने तय किया कि मैं अब कभी भी व्आ-वेर्त्त मार्ग वाले कमरे में नहीं लौटूँगा। मैं कुछ कपड़े और गहरे नीले रंग के गत्ते वाला डिब्बा साथ लेता आया था, जिसमें मैंने अपने पुराने काग़ज़ात सँभाल के रखे थे। इस बात को मुझे स्वीकार तो करना ही पड़ता; वहाँ पर, मेरा कोई नामोनिशान नहीं रह जाए, यह ख़याल बराबर रहता था। और मुझे उदास करना तो दूर, यह ख़याल मुझे आने वाले समय के लिए हौसला दे रहा था। मैं एक बोझ से मुक्त हो गया था।

मैं होटल देर से वापस आता था। एक बड़े भोजनालय में रात का खाना खाने जाता था। मेट्रो की सीढ़ियों और स्टेशन के बाद। मुझे अभी भी उस जगह का नाम याद है; ''ला क्लोज़री द पास्सी। ज़्यादा भीड़ नहीं होती थी। कई शामों को मैं वहाँ पर मालकिन के साथ अकेला होता था, एक काले और छोटे कटे बालों वाली महिला, और बैरा, वह एक सफ़ेद जैकेट पहनता था। हर बार, मुझे यह उम्मीद होती थी कि जाकलीन बोसेरजौं अन्दर आएगी और बार की तरफ़

बढ़ेगी, जैसा वे दो–तीन लोग करते थे जो वहाँ बैठते थे और मालकिन के साथ बातें करते थे। मैं प्रवेशद्वार के एकदम पास वाली मेज़ चुनता था। मैं उठूँगा और उसकी तरफ़ कदम बढ़ाऊँगा। मैंने पहले से ही तय कर रखा था कि मैं उससे क्या कहूँगा...''हम दोनों के साथ पिरामिड चौक पर एक दुर्घटना हुई थी...'' वह मुझे चलते हुए देख लेती, बस उतना ही काफ़ी होता। फटा हुआ मोकासाँ, पट्टी...होटल फ्रमिये में, रिसेप्शन वाले आदमी ने भवें सिकोड़ते हुए मुझको गौर से देखा था। मेरी जैकेट पर खून के धब्बे भी लगे हुए थे। मुझको महसूस हुआ कि वह मुझ पर शक कर रहा था। मैंने कमरे के लिए उसे पंद्रह दिन का अग्रिम भुगतान कर दिया था।

लेकिन ला क्लोज़री की मालकिन पर मेरी पट्टी और जैकेट पर लगे खून के धब्बों से कुछ फ़र्क पड़ा हो, ऐसा नहीं लगा। स्पष्टतया, उसने और भी ऐसे लोग देखे थे और उन मुहल्लों में जो इससे कम शांत थे। बार के बगल में, एक बड़े से पीले पिंजरे में एक तोता रहता था। करीब दस सालों बाद, मैं उस ज़माने की एक पत्रिका पलट रहा था और आख़िरी पन्ने पर, रेस्तराँ के इश्तहार थे। उनमें से एक मेरी आँखों में कौंध गया, 'ला क्लोज़री द पास्सी और उसका तोता पेपेर। सप्ताह के सातों दिन खुला।' दिखने में तो एक घिसा–पिटा वाक्य था, लेकिन उससे मेरा दिल धड़कने लगा। एक रात, मुझे इतना अकेलापन महसूस हो रहा था कि मैंने भी औरों के साथ बार के पास बैठना पसन्द किया और मैं भाँप रहा था कि मालकिन मेरे प्रति कुछ मेहरबान हो रही थी, मेरी जैकेट, मेरी पट्टी और मेरे दुबलेपन की वजह से। उसने मुझे वियान्दोक्स पीने की सलाह दी और जब मैंने उससे तोते के बारे में सवाल किया था, उसने मुझसे कहा था, ''अगर आप चाहें तो आप उसको एक वाक्य सिखा सकते हैं...'' तब मैंने एक क्षण के लिए सोचा और अंत में जितना साफ़ बोल सकता था बोला, ''**मैं एक हल्के नीले रंग की फ़िएट कार की तलाश में हूँ।**'' यह वाक्य मुझे उसको ज़्यादा देर तक सिखाने की ज़रूरत नहीं पड़ी। उसका दोहराने का तरीका ज़्यादा छोटा और ज़्यादा कारगर था, : ''**हल्के नीले रंग की फ़िएट कार,**'' और उसकी आवाज़ मुझसे ज़्यादा कर्णभेदी और ज़्यादा दबंग थी। ला क्लोज़री द पास्सी का अस्तित्व अब नहीं रहा और पिछली गर्मियों की एक शाम को, मुझे

महसूस हुआ था, जब मैं दलेसेर्र पथ पर टैक्सी से जा रहा था कि उसकी जगह एक बैंक ने ले ली थी। लेकिन तोतों की आयु लम्बी होती है। शायद वह, तीस साल बाद, पेरिस के किसी और मुहल्ले में और किसी और कॉफ़ी हाउस के शोरगुल में, क्या वह अभी भी मेरा वाक्य दोहरा रहा होगा, जबकि वास्तव में न तो कोई उसकी बात समझता होगा, न ही सुनता होगा। अब सिर्फ़ तोते ही हैं जो अतीत के प्रति वफ़ादार होते हैं।

~

ला क्लोज़री द पास्सी पर मैं अपने डिनर का वक्त टालता रहता था, जितनी देर से हो सके। दस बजे के करीब, मालकिन और उसके मित्र बार और पेपेर के पिंजरे के पास, कोने में एक मेज़ पर बैठ जाते थे। वे ताश का एक खेल शुरू कर देते थे। एक शाम, उसने मुझको भी शामिल होने को कहा। लेकिन वह समय था जब मुझे अपनी तलाश पर निकलना होता था। **हल्के नीले रंग की फ़िएट।**

मैंने सोचा था कि आधी रात के आस-पास मुहल्लों की सड़कें नापते हुए, किस्मत से शायद कहीं पार्किंग में यह गाड़ी नज़र आ जाएगी। जाकलीन बोसेरजौं उस समय तक तो बेशक अपने घर वापस आ चुकी होगी। मुझे लगता था कि दिन नहीं बल्कि रात में ही आख़िरकार मुझको **हल्के नीले रंग की फ़िएट** मिलेगी।

सड़कें ख़ामोश थीं और सर्दी गलन वाली। सहज ही, मैं बार-बार डर जाता था कि कोई पुलिस की गाड़ी जो चक्कर लगाती रहती थी, मेरे आगे आकर रुक न जाए और मुझसे मेरे काग़ज़ात न माँगे जाएँ। मेरी खून के धब्बों वाली जैकेट और मेरी पट्टी जिसे मेरे फटे मोकासाँ जूते बहुत भली-भाँति दर्शाते थे, उससे निस्संदेह मेरा भेष चोर-लुटेरे जैसा लगता था। और फिर, कुछ महीने बाकी थे, अभी तक मैं इक्कीस वर्ष की वयस्क आयु को प्राप्त नहीं हुआ था। लेकिन ख़ुशकिस्मती से, उन रातों में, कोई भी पुलिस वैन नहीं रुकी जो मुझे सबसे नज़दीक के पुलिस थाने में या सेन नदी के किनारे, नाबालिगों की पलटन के लिए बनी उन ऊँची अंधेरी बड़ी इमारतों में ले जाती।

मैंने आल्बोनी चौक से शुरुआत की। हर एक फ़ुटपाथ के किनारे-किनारे खड़ी गाड़ियों के बीच, कोई हल्की नीली फ़िएट नहीं थी। मैं सोचता था कि उसे अपने घर के सामने कभी भी खाली जगह नहीं मिलती होगी और गाड़ी लगाने के लिए वह देर तक मुहल्ले में गोल-गोल चक्कर लगाती रहती होगी। और इन सब में वह काफ़ी दूर चली जाती होगी। सिवाय इसके कि वह अपनी गाड़ी किसी गैराज में न छोड़ देती हो। दलेसेर्र पथ पर, अपने घर के पास के एक गैराज में। एक रात, मैं इस गैराज के अन्दर गया। एक आदमी खड़ा था, बिलकुल कोने में, काँच की दीवारों से घिरे एक कक्ष में। उसने मुझे दूर से आते हुए देखा। जब मैंने दरवाज़े को धकेला, वह उठा और मुझे महसूस हुआ कि वह सतर्कता बरत रहा था। उस समय मुझे अफ़सोस हुआ कि क्यों मैंने एक नया कोट नहीं पहना था। जैसे ही मैंने बात करनी शुरू की, उसका तनाव कम हो गया। एक रात, एक गाड़ी ने मुझे धक्का दे दिया था और मुझे काफ़ी हद तक यकीन है कि ड्राइवर इसी मुहल्ले में रहता है। अभी तक, उसने अपने जीवित होने का कोई संकेत नहीं दिया है मुझको और मैं उससे संपर्क करना चाह रहा हूँ। बहरहाल, गाड़ी एक महिला चला रही थी। हाँ, आल्बोनी चौक पर। एक हल्के नीले रंग की फ़िएट। इस महिला के चेहरे पर ज़रूर चोट होगी और फ़िएट थोड़ी क्षतिग्रस्त होगी।

उसने अपने बड़े रजिस्टर में देखा, जो पहले से ही वहाँ, उसकी मेज़ पर खुला हुआ था। वह उसके पन्ने धीरे-धीरे पलट रहा था, अपनी तर्जनी को निचले होंठ पर रखे हुए, वही भंगिमा जो मेरे पिता की होती थी जब वे कोरोना या र्रयूक-उनिवेर्र में रहस्यपूर्ण फ़ाइलों का निरीक्षण करते थे। "आपने हल्के नीले रंग की फ़िएट ही कहा न?" कुछ चिह्नित करने के लिए उसने अपनी तर्जनी एक पृष्ठ के मध्य में टिका दी थी और मेरा दिल धड़क रहा था। "दरअसल, एक हल्के नीले रंग की फ़िएट, जिसका नम्बर..." उसने सिर उठाया और गंभीरता से मुझे देखा, जैसे कोई डॉक्टर परामर्श देता हो। "यह किसी सोलियेर की गाड़ी है," उसने मुझसे कहा। "मेरे पास उसका पता है।" "वह आल्बोनी चौक पर रहता है?" "नहीं, बिलकुल नहीं।" उसकी भवें सिकुड़ी थीं मानो वह मुझको पता देने में हिचकिचा रहा था। "आपने मुझसे कहा कि वह एक महिला थी।

आपको पक्का यकीन है कि यह उसी गाड़ी की बात हो रही है?'' तब मैंने उसे उस रात की सारी घटनाओं की ब्यौरेवार जानकारी दी। सुरक्षा पुलिस की गाड़ी जब यह सोलियेर हमारे साथ था, ओतेल-दीय, मीराबो क्लिनिक, और पुनः सोलियेर, हॉल में मेरा इंतज़ार करता हुआ, क्लिनिक से मेरी छुट्टी होने पर। मैंने कॉफ़ी हाउस में उस आदमी के साथ हुई अपनी आख़िरी मुलाकात का ज़िक्र नहीं करना चाहा, जब वह मुझे नहीं पहचानने का ढोंग कर रहा था।

''वह 4, आल्बेर्र-द-मँ एवेन्यू पर रहता है,'' उसने मुझसे कहा। ''लेकिन वह हम लोगों का ग्राहक नहीं है। वह पहली बार आया था।'' मैंने उससे पूछा कि आल्बेर्र-द-मँ एवेन्यू कहाँ पर था। वहाँ, त्रोकादेरो उद्यान के किनारे-किनारे। एक्वेरियम के पास? थोड़ी और दूर। एक ढलान वाली सड़क जो घाट की तरफ़ उतरती है। विंडस्क्रीन और हेडलाइट बदली गई थीं, लेकिन इससे पहले कि अच्छी तरह से मरम्मत का काम पूरा होता, कोई गाड़ी लेने के लिए आ गया था। ख़ुद सोलियेर? वह नहीं बता सकता था, उस दिन वह ग़ैरहाज़िर था, वह अपने साथी से पूछेगा। उसकी नज़र, बार-बार, मेरे फटे मोकासाँ और मेरी पट्टी पर जा रही थी। ''फिर भी आपने शिकायत तो दर्ज करवाई होगी?'' उसने मुझसे यह सवाल झिड़की देते हुए, बल्कि स्नेहमय अंदाज़ में पूछा था, जैसे उस दिन दवासाज़ ने पूछा था। ''किसके ख़िलाफ़?'' एकमात्र शिकायत जो मुझे दर्ज करानी चाहिए थी वह थी ख़ुद के ख़िलाफ़ अब तक, मैं छिन्न -भिन्न तरीके से जीता रहा था। और यह दुर्घटना बरसों की व्याकुलता और अनिश्चतता पर एक पूर्णविराम लगाने जा रही थी। समय आ गया था। ''और किसी मादाम सोलियेर का कोई नामोनिशां नहीं है?'' मैंने उससे पूछा। ''या किसी जाकलीन बोसेरजौं का?''—''रजिस्टर में तो नहीं।''—''एक सुनहरे बालों वाली, चेहरे पर चोटें लगी हुईं? आपने कभी भी मुहल्ले से गुज़रते हुए देखा हो?'' उसने कंधे उचकाये। ''जानते हैं, मैं हमेशा इस ऑफ़िस में रहता हूँ। सिवाय जब घर वापस जाना हो, वाँव में। आपको पक्का है कि स्टीयरिंग पर वही थी?'' मुझे इस बात का पूरा यकीन था। उस रात को, बहुत देर तक, हम एक-दूसरे के बगल में थे, सोफ़े पर, होटल के हॉल में, उससे पहले कि सोलियेर नामक आदमी हमारी तरफ़ आता और हम पुलिस वैन में चढ़ते। मैं

पिरामिड चौक पर, होटल में यह निश्चित करने के लिए जाऊँगा। एक चश्मदीद गवाह तो होगा ही। लेकिन मुझे गवाहों की ज़रूरत नहीं थी। मेरे लिए इस औरत को खोज निकालना काफ़ी था, चीज़ें साफ़ करने के लिए, बस।

"आल्बेर्र-द-मँ एवेन्यू पर जाकर देखिये," उसने मुझसे कहा। "अगर कभी वे फ़िएट लेकर यहाँ आएँ तो मैं आपको इत्तिला करूँगा। आपसे कहाँ संपर्क कर सकता हूँ?" मैंने उसको होटल फ्रमिये का पता दिया। किसी भी हाल में, यह शख़्स मेरा बुरा नहीं चाहता था। करीब आधी रात का वक्त था और मैं त्रोकादेरो उद्यान तक पैदल चला। "सोलियेर।" मैं यह नाम दोहरा रहा था...मैंने अपने पिता की पुराने पतों की एक डायरी सँभाल रखी थी जो ज़रूर गहरे नीले वाले गत्ते के डिब्बे में रखी हुई होगी। मैं एस, अक्षर के नामों में देखूँगा।

मैं एक्वेरियम वाली पगडंडी पर चल रहा था। हाँ, आल्बेर्र-द-मँ एवेन्यू हल्की ढलान के साथ सेन नदी की तरफ़ उतरती थी और वह त्रोकादेरो के उद्यान के किनारे-किनारे जाती थी। नम्बर 4 घाट से पहले वाली दो इमारतों में से एक थी। कोने वाली इस इमारत से एक गली निकलती थी और आख़िरी मंज़िल पर एक छत थी। खिड़कियों में कोई रोशनी नहीं थी। इमारत खाली पड़ी लग रही थी। थोड़ी-थोड़ी देर के बाद, घाट से गाड़ी गुज़र रही थी। मैं शीशे के दरवाज़े के पास गया, लेकिन मेरी अन्दर जाने की हिम्मत नहीं हुई। जिस तरह का मेरा पहनावा था और इतनी देर रात को, चौकीदार पुलिस को बुलाने का मौका नहीं छोड़ेगा। क्या वहाँ पर कोई चौकीदार था? और यह सोलियेर कौन-सी मंज़िल पर रहता था? मैं फ़ुटपाथ पर ही रहा, बागान की तरफ़ और मैं इमारत के अगले हिस्से से अपनी नज़रें नहीं हटा रहा था। यही वह जगह थी, इनमें से किसी एक मंज़िल पर, जहाँ पर अपनी ज़िन्दगी के बारे में मुझको कुछ ख़ास पता चलेगा। मुझे लग रहा था कि अपने बचपन में किसी दिन दोपहर में, एक्वेरियम से निकलने पर, उद्यान के किनारे-किनारे, मैं इस ढलान से उतरा था। 4, आल्बेर्र-द-मँ एवेन्यू। फिर भी, मैं अपने पिता की पतों वाली पुरानी डायरी देखूँगा यह निश्चित करने के लिए कि यह पता किसी पन्ने पर दर्ज है या नहीं, सोलियेर के

नाम से, या फिर किसी और नाम के तहत। शायद फ़ोसोम्ब्रोन्न–ला–फ़ोरे गाँव का कोई ज़िक्र हुआ हो। आख़िर में मुझको पता चल जाएगा कि इन दो जगहों को कौन–सी कड़ी जोड़ती थी। निस्संदेह मैंने फ़ोसोम्ब्रोन्न–ला–फ़ोरे और पेरिस के बीच हल्के नीले रंग की फ़िएट में या एक गाड़ी जो जाकलीन बोसेरजौं की गाड़ी से कहीं ज़्यादा पुरानी होगी, उसमें अनगिनत सफ़र किए होंगे। जितना ही मैं उस उजली इमारत को गौर से देख रहा था, उतना ही यह एहसास गहराता जा रहा था कि मैंने इसे पहले देखा था—एक क्षणिक एहसास, किसी ख़्वाब की कतरनों की तरह जो आँख खुलते ही आपके हाथ से छूट जाती हैं, या कहें चाँद की परछाईं–सी। पौर्त्त द'औरलेयों वाले अपने कमरे से, मैं कभी यह कल्पना नहीं कर सकता था कि यह मुहल्ला और यह आल्बेर्र–द–मँ एवेन्यू मेरे लिए एक दिलकश इलाका हो जाएगा। मुझे चुम्बक की तरह खींचता रहेगा। उस समय तक, मैं हाशिये में सिमट कर रहता था, ज़िन्दगी की सरहदों पर, किसी इंतज़ार में। आज भी मुझे अपने सपनों में, पेरिस की सीमा पर, इन मुहल्लों में लौटने का और इन बड़ी–बड़ी इमारतों की कतारों के बीच गुम हो जाने का मन करता है। मैं निरर्थक अपना पुराना वाला कमरा तलाश रहा हूँ, दुर्घटना से पहले वाला।

मैं घाट के कोने तक पैदल गया। वहाँ भी हल्की नीली फ़िएट नहीं थी। मैंने घरों की कतार का चक्कर लगाया। पर वह वहाँ मौजूद न थी। और सोलियेर का टेलीफ़ोन नम्बर कैसे पता चलेगा? जैसा कि उस दिन कॉफ़ी हाउस में वह लगा था, वह उस किस्म का आदमी नहीं था, जिसका डाइरेक्टरी में नाम हो।

~

रेनुआर्र मार्ग के दवासाज़ की मेहरबानी थी कि वह कभी–कभी मेरी पट्टी बदल देता था। वह एंटीसेप्टिक से मेरा घाव साफ़ करता था और उसने मुझे कम चलने की सलाह दी थी और यह कि मैं अपने बाएँ पैर के लिए एक बेहतर जूता चुनूँ, बजाय इस फटे मोकासाँ के। हर बार जब मैं उसके पास जाता था, उसकी सलाहों पर अमल करने का वादा करता था। लेकिन मैं अच्छी तरह से जानता था कि मैं हल्के नीले रंग की फ़िएट ढूँढ लूँ, उससे पहले ये जूते नहीं बदलूँगा।

मैं कोशिश करता था कि पिछले दिनों की अपेक्षा कम पैदल चलूँ और लम्बी दोपहरों को होटल फ्रमिये के अपने कमरे में रहता था। मैं अतीत और वर्तमान पर चिंतन-मनन करता रहता था। मैंने 4, आल्बेर्र-द-मँ एवेन्यू के निवासियों के नाम जिनका डाइरेक्टरी में उल्लेख था, लिखे।

बोशर (जे) : पास्सी 13 51
त्रोकादेरो वित्तीय एवं संपत्ति कम्पनी : पास्सी 48 00
देस्तोम्ब (जे) : पास्सी 03 97
द्यूपों (ए) : पास्सी 24 35
गुडविन (मादाम सी) : पास्सी 41 48
ग्रुनबर्ग (ए) : पास्सी 05 00
मैक लाक्लान (जी.वी.) : पास्सी 04 38

कोई सोलियेर नहीं था। मैंने इनमें से हर नम्बर पर फ़ोन किया और मुँस्युर सोलियेर और माद्मवाज़ेल जाकलीन बोसेरजौं से बात करने की गुज़ारिश की, लेकिन जिनसे मैंने बात की उनके ज़हन में इन नामों ने कोई याद नहीं जगाई। त्रोकादेरो की वित्तीय व ज़मीन-जायदाद वाली कम्पनी में कोई फ़ोन नहीं उठा रहा था। सही नम्बर तो यही था शायद।

मेरे पिता की पतों वाली डायरी, मेरे काग़ज़ातों के साथ अच्छी तरह सँभाल कर रखी गई थी, गहरे नीले गत्ते के डिब्बे में। एक शाम, कॉफ़ी हाउस की मेज़ पर, वे उसे भूल गए थे और मैंने उसे अपनी जेब में सरका लिया था। हमारी अगली मुलाकातों में उन्होंने उसका ज़िक्र कभी नहीं किया था। ज़ाहिराना तौर पर, इसके खोने का उन्हें ज़रा-सा भी दुःख नहीं था या फिर उन्होंने कल्पना भी नहीं की होगी कि मैं वह डायरी ले सकता था। उसके धुँध में गुम जाने से पहले के कुछ महीने, मोंरूज के आस-पास, मेरे ख़याल से ये सारे नाम, तब उनके किसी काम के नहीं थे। एस, अक्षर के नामों की सूची में कोई सोलियेर नहीं था। और पतों में कहीं भी फ़ोसोम्ब्रोन्न-ला-फ़ोरे का कोई उल्लेख न था।

कभी रातों को मैं सोचता था कि मेरी इस तलाश का कोई अर्थ है कि नहीं और क्यों मैंने यह काम करने का बीड़ा उठाया था? क्या यह मेरा भोलापन

था? बहुत बचपन में, शायद किशोरावस्था से पहले, मेरे मन में यह भाव आया था कि मैं शून्य से जन्मा हूँ। मुझे एक पर्चे की याद आई जो कार्तिये लाताँ में सलेटी बरसाती वाला एक शख़्स बाँट रहा था। वह यौवनकाल पर सर्वेक्षण के लिए एक प्रश्नावली थी। उसके सवाल मुझे निराले लगे थे : 'आपको किस तरह के पारिवारिक संगठन का तजुर्बा है?' मैंने जवाब दिया था, "कोई भी नहीं।" "क्या आपके ज़हन में अपने पिता या अपनी माता की प्रगाढ़ छवि है?" मैंने जवाब दिया था : "धूमिल।" "क्या आप स्वयं को एक अच्छा बेटा (या बेटी) मानते हैं?" मैं कभी भी एक अच्छा बेटा नहीं रहा।" "आपने जो अध्ययन किया, वह क्या आपको अभी भी अपने माता-पिता के प्रति आदर-भाव रखने और आपको अपनी सामाजिक पृष्ठभूमि के अनुरूप होने की कोशिश के लिए प्रेरित करता है?" "अध्ययन नहीं किया। माता-पिता नहीं हैं। सामाजिक पृष्ठभूमि नहीं है।" "क्या आप क्रांति करना पसन्द करते हैं या एक ख़ूबसूरत प्राकृतिक दृश्य को निहारना? क्या अच्छा लगता है आपको? संताप की गहनता या सुख की भारहीनता?" "सुख की भारहीनता।" "क्या आप अपना जीवन बदलना चाहेंगे या खोई हुई समरसता को फिर से पाना चाहेंगे?" खोई हुई समरसता को पाना चाहूँगा।" ये दो शब्द मुझे सपनों में ले जाते थे, लेकिन खोई हुई समरसता किस तरह से बनती होगी? होटल फ्रमिये के इस कमरे में, मैं ख़ुद से पूछता था कि अपने उद्‌गम की शून्यता और अपने बचपन की अशांति के बावजूद, क्या मैं एक स्थिर बिंदु तलाश नहीं करूँगा, कुछ जो दिलासा दे, एक भूदृश्य, जो मुझे पाँवों तले ज़मीन दे दे। मेरी ज़िन्दगी का एक समूचा हिस्सा था, जिससे मैं अनजान था, हिलती रेत के नीचे एक स्थिर तल और उसकी परतें खोलने के लिए मैं उस हलके नीले रंग की फ़िएट और उसकी ड्राइवर के भरोसे था।

~

मुझे नींद आने में दिक्कत हो रही थी। मेरा मन ललचा रहा था कि दवासाज़ से एक गहरी नीली ईथर की शीशी माँगूँ, जिससे मैं इतनी भली-भाँति परिचित

था। लेकिन मैंने स्वयं को समय रहते रोक लिया। यह हार मान लेने का वक्त नहीं था। मुझे अपनी पूरी समझदारी बनाये रखनी थी। आँखों में कटी इन रातों के दौरान, जिस बात का मुझे सबसे ज़्यादा अफ़सोस होता था, वह अपनी सारी किताबें व्आ-वेर्त्त मार्ग वाले अपने कमरे में छोड़ आने का था। इस मुहल्ले में किताबों की दुकानें ज़्यादा नहीं थीं। मैं कोई किताबों की दुकान खोजने के लिए एत्वाल की दिशा में पैदल गया था। वहाँ पर मैंने कुछ जासूसी उपन्यास और एक पुरानी इस्तमाल की हुई किताब ख़रीदी थी, जिसका शीर्षक मन में कुतूहल जगा रहा था : *ले मेरवेयी सेलेस्त*। मुझको घोर आश्चर्य तब हुआ, जब मुझे जासूसी उपन्यास पढ़ने में एकदम मज़ा नहीं आ रहा था। लेकिन मैंने बमुश्किल *ले मेरवेयी सेलेस्त* खोला था, जिसके मुखपृष्ठ पर इंगित किया हुआ था, 'सांध्य वाचन', उससे मुझे अंदाज़ा हुआ कि यह कृति मेरे लिए कितना महत्त्व रखने वाली थी। निहारिका। आकाशगंगा। तारों का संसार। उत्तरी तारामंडल। नक्षत्रमण्डल, सुदूर ब्रह्माण्ड...जैसे-जैसे मैं एक-एक अध्याय पढ़ता जा रहा था, मुझे समझ में नहीं आ रहा था कि क्यों तब भी होटल के उस कमरे में, मैं उस बिस्तर पर लेटा हुआ था। मैं भूल गया था कि मैं कहाँ था, किस देश में, किस शहर में, और इन सब की अब कोई सार्थकता नहीं थी। कोई ड्रग नहीं, न ही ईथर, न तो मॉरफ़ीन, न ओपियम, मुझे इस तरह सुकून नहीं दे सकता था, सुकून जो आहिस्ता-आहिस्ता मुझ पर हावी होता जा रहा था। बस पन्ने पलटते जाना ही काफ़ी था। किसी को बहुत पहले ही इन 'सांध्य वाचन' के बारे में मुझे बताना चाहिए था। इससे मुझे व्यर्थ के संताप और बेचैन रातों से छुटकारा मिल गया होता। आकाशगंगा। तारों का संसार। अंततः मेरे लिए क्षितिज अनन्त तक फैल गया था, और दूर से इन सितारों को देखने में या यह अनुमान लगाने में कि वे अस्थिर, अस्थायी, बुझे हुए या विलुप्त हैं, एक बेहद मीठी अनुभूति होती थी। इस अनन्त में मैं कुछ नहीं था, मगर अंततः मैं साँस ले पा रहा था।

क्या यह इस अध्ययन का असर था? रात को जब मैं मुहल्ले में टहलता था, मुझे निरन्तर एक तृप्ति की अनुभूति होती थी। अब कोई बेचैनी नहीं रही

थी। एक कवच जो मेरा दम घोंट रहा था, मुझे उससे छुटकारा मिल गया था। पाँव में अब किसी तरह का दर्द नहीं था। पट्टी खुल गई थी और मेरे जूते से बाहर लटक रही थी। घाव भरने लगा था। मुहल्ला अब वैसा नहीं दिखता था जैसा शुरू-शुरू में था, जब मैं वहाँ रहने के लिए आया था। कई रातों को, आसमान इतना साफ़ होता था, मैंने उसमें कभी भी इतने ढेर सारे तारे टिमटिमाते हुए नहीं देखे थे। या कि, अब तक, मैंने उन पर कभी ध्यान नहीं दिया था। लेकिन अब, मैं *ले मेरवेयीसेलेस्त* पढ़ चुका था। मेरे कदम अक्सर मुझको त्रोकादेरो के खुले मैदान तक ले जाते थे। वहाँ, कम-से-कम खुली और ताज़ी हवा में साँस ले सकता था। यह इलाका मुझको चौड़ी सड़कों का चौराहा लग रहा था, यहाँ तक सेन नदी से चल कर बग़ीचों के पार, उत्तरोत्तर सीढ़ियों से और देहात के पगडंडियों सरीखे रास्तों से होते हुए पहुँचा जा सकता था। सड़क की बत्तियों की रोशनी और ज़्यादा चौंधियाती जा रही थी। मैं हैरान था कि फ़ुटपाथों के किनारे अब कोई भी गाड़ी नहीं खड़ी थी। हाँ, ये सारी सड़कें सुनसान थीं, मेरे लिए दूर से ही हल्के नीले रंग वाली फ़िएट कार को पहचानना आसान रहेगा। शायद बीती कुछ रातों से यहाँ आस-पास के इलाके में वाहन खड़ा करना वर्जित हो गया था। यह निर्णय लिया गया था कि अब से यह मुहल्ला 'ब्लू ज़ोन' रहेगा। और मैं, मैं अकेला पैदल चलने वाला था। क्या कर्फ़्यू लगा दिया गया था, जब लोगों को रात ग्यारह बजे के बाद से निकलना वर्जित होता है? लेकिन मेरे लिए उसका कोई औचित्य नहीं था। मानो मेरी जैकेट की जेब में एक 'पास' था, जिसकी वजह से मैं पुलिसिया जाँचों से सुरक्षित था। एक रात की बात है, आल्मा से त्रोकादेरो के मैदान तक एक कुत्ते ने मेरा पीछा किया था। उसका रंग वैसा ही काला था और वह उसी नस्ल का था जो मेरे बचपन के समय कुचला गया था। मैं दाईं तरफ़ के फ़ुटपाथ से सड़क पर ऊपर जा रहा था। पहले, इस कुत्ते ने मेरे पीछे करीब दस मीटर की दूरी बना रखी थी और धीरे-धीरे वह मेरे नज़दीक आ गया था। गालीयेरा उद्यान के लोहे के फाटकों के आगे, हम लोग अगल-बगल चल रहे थे। अब मुझे याद नहीं है कि मैंने कहाँ पढ़ा था—शायद यह *ले मेरवेयी सेलेस्त* के किसी पृष्ठ पर नीचे लिखी टिप्पणी थी—कि रात की कुछ नियत घड़ियों में हम एक समानान्तर संसार में प्रविष्ट हो सकते हैं :

एक खाली फ़्लैट जिसकी बत्तियाँ नहीं बुझाई गई हों, और यहाँ तक कि कोई गली जिसमें आगे जाने का रास्ता बन्द हो। वहाँ एक मुद्दत से खोई हुई चीज़ें मिल जाती हैं : कोई वस्तु जो आपके लिए सौभाग्यशाली रही हो, कोई चिट्ठी, कोई छतरी, कोई चाभी और बिल्लियाँ, कुत्ते या घोड़े जिन्हें ज़िन्दगी के गुज़रते सालों में आप खो बैठते हैं। मैंने सोचा कि यह वही, डॉक्टर कूरज़ेन्न मार्ग वाला कुत्ता था।

उसके गले में लाल चमड़े की पट्टी जिसमें एक तमगा था और झुकने पर मैंने देखा उस पर एक टेलीफ़ोन नम्बर उत्कीर्ण था। उसकी वजह से, उस कुत्ते को बाड़े में बन्द करवाने ले जाने से लोग हिचकिचाते। और मैं, मेरी जैकेट की अन्दर वाली जेब में, मैं हमेशा अपना पुराना निरस्त पासपोर्ट रखता था, जिस पर मैंने अपनी जन्मतिथि के साथ छेड़छाड़ की थी, अपनी उम्र बढ़ाने के लिए और वयस्कता के इक्कीस वर्ष प्राप्त करने के लिए। लेकिन कुछ रातों से, मुझे अब पुलिसिया जाँच-पड़ताल का डर नहीं सता रहा था। *ले मेरवेयी सेलेस्त* के पठन ने वाकई मेरा हौसला बढ़ा दिया था। उसके बाद से, मैं चीज़ों को बहुत अलग तरह से देखता था।

कुत्ता मेरे आगे चल रहा था। शुरुआत में, उसने सिर घुमा कर देखा था, यह निश्चित करने के लिए कि मैं ठीक से उसके पीछे-पीछे चल रहा हूँ और अब वह सधे कदमों से चल रहा था। उसे मेरी मौजूदगी का इत्मीनान था। मैं उसके साथ ताल मिला कर चल रहा था, आहिस्ता-आहिस्ता। कोई भी चीज़ सन्नाटे को भंग नहीं कर रही थी। मुझे महसूस हो रहा था मानो फ़र्श के पत्थरों के बीच से घास निकल रही थी। समय का अस्तित्व नहीं रहा था। निस्संदेह इसी को बूवियेर 'शाश्वत' कहते थे। इमारतों का अग्रभाग, वृक्ष, सड़क की बत्तियों की झिलमिलाहट ने ऐसी गहनता ओढ़ ली थी, जो मैंने उनमें पहले कभी महसूस नहीं की थी।

जब मैंने त्रोकादेरो के मैदान की राह पकड़ी तब वह कुत्ता एक पल को झिझका। ऐसा लगा जैसे वह सीधे रास्ते जाना चाहता था। फिर आख़िर में वह मेरे पीछे चलने लगा। मैं बहुत देर तक वहीं पर रहा, नीचे के बग़ीचे,

बड़ा तालाब जिसका पानी मुझको झिलमिलाता-सा लग रहा था, और सेन नदी के परे घाटों के किनारे तथा शौं-द-मार्स के इर्द-गिर्द की इमारतों को निहारता रहा। मुझे अपने पिता की याद आई। मैंने उनकी वहाँ पर कल्पना की, कहीं किसी कमरे में, या किसी कॉफ़ी हाउस में, बन्द होने से बिलकुल पहले, अकेले नियोन की रोशनी तले, अपनी फ़ाइलें पढ़ते हुए। शायद अभी भी मेरे पास मौका था, उनसे एक बार फिर मिलने का। आख़िर वक्त तो ठहर ही गया था क्योंकि यह कुत्ता अतीत के गर्त से आया था, सीधे डॉक्टर कूरज़ेन्न मार्ग से। मैंने उसे ख़ुद से दूर जाते हुए देखा, मानो वह अब ज़्यादा देर तक मेरी संगत में नहीं रह सकता था और जैसे उसकी किसी से मुलाकात का समय निकलता जा रहा था। तब, मैंने उसे लंगड़ी लगाई। वह संग्रहालय के किनारे से चलता हुआ वीनज़ मार्ग पर निकल गया। यह रास्ता मैंने कभी नहीं लिया था। अगर यह कुत्ता मुझे वहाँ लेकर जा रहा था, तो यह सिर्फ़ एक इत्तफ़ाक नहीं था। मुझको एहसास हुआ जैसे कि मैं मंज़िल तक पहुँच गया हूँ और जानी-पहचानी ज़मीन पर लौट आया था। हालाँकि खिड़कियाँ अंधकारमय थीं और मैं अंधेरे में बढ़ता चला जा रहा था। मैं कुत्ते के नज़रों से ओझल हो जाने के डर से उसके एकदम पास आ गया था। हमारे चारों तरफ़ सन्नाटा था। मुझे अपनी पदचाप सुनाई दे रही थी। सड़क दाहिनी ओर मुड़ रही थी और मैंने सोचा कि वह ज़रूर ला क्लोज़री द पास्सी पर जाकर मिलती होगी, उस समय, अपने पीले पिंजरे में वह तोता दोहरा रहा होगा, "हल्के नीले रंग की फ़िएट, हल्के नीले रंग की फ़िएट," व्यर्थ में, जबकि मालकिन और उसके दोस्त ताश खेल रहे होंगे। सड़क के कोने के बाद, एक बुझी हुई तख़्ती थी। कोई रेस्तराँ, या कोई बार रहा हो शायद, जो बन्द हो गया। वह रविवार का दिन था। उस बार के लिए यह जगह कितनी अजीब थी, उसकी लकड़ी की खिड़कियाँ और तख़्ती देख कर लगता था कि बार शौंज़-एलिज़े की सड़कों या पीगाल मार्ग पर होने के लायक था।

मैं एक क्षण के लिए ठहरा और प्रवेशद्वार के ऊपर तख़्ती पर जो लिखा हुआ था उसे समझने की कोशिश करता रहा, 'रात की उड़ान'। फिर अपने सामने, मैंने कुत्ते को ढूँढा। अब वह मुझको दिख नहीं रहा था। उसे पकड़ने के

लिए मैंने अपने कदम तेज़ किए। लेकिन नहीं, उसका कोई निशान नहीं था। मैं दौड़ा और दलेसेर्र पथ के चौराहे पर निकल आया। स्ट्रीट लाइट इतनी ज़ोर से चमक रही थी कि उससे मेरी आँखें चौंधिया रही थीं। क्षितिज पर कोई श्वान नहीं, न ही ढलान वाले फ़ुटपाथ पर, न सड़क के दूसरे किनारे पर, न मेरे सामने के मेट्रो के छोटे से स्टेशन की तरफ़, न ही सेन नदी तक उतरती हुई सीढ़ियों पर। दूधिया रोशनी थी, उत्तरी ध्रुव की रातों वाली रोशनी, और यह काला कुत्ता मुझे दूर से ही नज़र आ जाता। मगर वह अदृश्य हो चुका था। अपने अन्दर मुझको ख़ालीपन का एहसास हुआ, जिससे मैं भली-भाँति परिचित था और जिसे *ले मेरवेयी सेलेस्त* के सुकूनदायक पठन की बदौलत कुछ दिनों से भूल चुका था। मुझे अफ़सोस हो रहा था कि क्यों मैंने वह टेलीफ़ोन नम्बर याद नहीं रखा जो उसके गले के पट्टे पर उकेरा हुआ था।

~

उस रात, मैं अच्छी तरह सोया नहीं। मैं इस कुत्ते को सपने में देखता रहा जो अतीत से प्रकट हुआ था फिर से लुप्त हो जाने के लिए। सुबह, मैं अच्छे मिज़ाज में था और मुझको यकीन था कि न वह, न मैं, अब हम जोख़िम में नहीं पड़ने वाले थे। अब कभी कोई गाड़ी हमें कुचल नहीं सकती थी।

मुश्किल से सात बज रहे थे। घाट पर एक कॉफ़ी हाउस खुला हुआ था, वही वाला जहाँ मैं सोलियेर से मिला था। इस बार, मैंने अपनी जैकेट की जेब में अपने पिता की पुरानी पतों वाली डायरी घुसेड़ ली थी। मैं हमेशा अपनी जेब में कुछ रखता था : *ले मेरवेयी सेलेस्त* की प्रति, या ल्वार-ए-शेर का मिशेलाँ नक्शा।

मैं एक मेज़ पर बैठ गया, काँच की बड़ी खिड़की के पास। वहाँ पर, पुल के दूसरी तरफ़ से, मेट्रो के पुल दिख रहे थे । मैंने डायरी के पन्ने पलटे। अलग-अलग रंग की स्याही—नीली, काली, बैंगनी—से लिखे हुए नाम पढ़ता रहा। बैंगनी स्याही वाले नाम सबसे पुराने थे, क्योंकि उनकी लिखावट बहुत

सधी हुई थी। उनमें से कुछ नाम काटे हुए थे। मुझे बड़ी हैरत हुई जब मैंने बहुत सारे नाम ऐसे देखे, जिनके साथ लिखा हुआ पता, इसी मुहल्ले की सड़कें थीं, जहाँ पर मैं इस वक्त था। मैंने यह डायरी सँभाल ली और ये सारे नाम लिख कर रख लिये—

इवान शापोस्निकोफ़, 1, पॉलदूमे कलेबेर 73 46
गी द व्आज़ाँ, 23, रेनुआर्र जास्माँ मार्ग 33 18
निक द मोरगोली, 14, स्क्वार द ल'आल्बोनी त्रोकादेरो 65 81
टॉडी वेरनेर, 28, शीफ़र पास्सी मार्ग 90 90
मेरी शेरनिशेफ़, 30, के द पास्सी जास्माँ 64 76
पुनः 30, के द पास्सी: आलेक्सी मूताफ़ोलो ओतई 70 66...

दोपहर में, जिज्ञासावश मैं इनमें से कुछ ठिकानों पर गया। वही धवल अग्रभाग, काँच की दीवारनुमा खिड़कियाँ और बड़ी छतें, जैसा आल्बेर्र-द-मँ एवेन्यू के 4 नम्बर पर थीं। मेरा अनुमान है कि इन्हीं इमारतों के बारे में लोग कहते थे कि इनमें 'आधुनिक सुख-सुविधाएँ' और कुछ ख़ासियतें थीं : गर्म रखने का इंतज़ाम, लकड़ी की तख़्तियों का नहीं बल्कि संगमरमर का फ़र्श, सरकने वाले दरवाज़े और आभास ऐसा जैसे बीच सागर में एक निश्चल यात्रीपोत पर हों। और इस विलासिता के पीछे का खोखलापन बहुत ज़ोर से उभर कर सामने आता था। मैं जानता था कि मेरे पिता, अपने यौवन काल से, अक्सर इस तरह की इमारतों में रहे थे और वे किराया अदा नहीं किया करते थे। जाड़े में, खाली कमरों में, बिजली काटी हुई होती थी। वे उन किरायेदारों में से एक थे जो जल्दी-जल्दी मकान बदलते रहते हैं, बग़ैर कभी कहीं भी अपनी जड़ें जमाये हुए, न तो पीछे अपने नक्श-ए-कदम छोड़े हुए। हाँ, ऐसे लोग जिनका, बाद में, अस्तित्व सिद्ध करना मुश्किल हो। सटीक ब्यौरे जुटाना निरर्थक था : टेलीफ़ोन नम्बर, आँगन से निकलती सीढ़ियों के भिन्न वर्णाक्षर। तो इसीलिए उस रात को, आल्बेर्र-द-मँ एवेन्यू पर, मुझे हल्की-सी हताशा महसूस हुई थी। अगर मैं फाटक लाँघ गया होता, मैं कहीं भी नहीं निकल पाता। दरअसल इसी भाव ने मेरे कदम बाँध दिये थे बजाय उस डर के कि

मुझे चोर–उचक्का समझ लिया जाता। मेरी तलाश उन सड़कों में जारी थी जहाँ सब कुछ ऊपरी दिखावा था। मुझे अपना यह उपक्रम उतना ही निरर्थक लगा जैसे किसी क्षेत्रमापक ने शून्य स्थान पर भूमि पंजीयन करने की ठानी हो। मगर मैंने स्वयं से कहा था : एक फ़लाँ जाकलीन बोसेरजौं को ढूँढना क्या वाकई तुम्हारे सामर्थ्य से परे है?

मुझे याद है कि उस रात मैं *ले मेरवेयी सेलेस्त* का वह खण्ड पढ़ रहा था जो दक्षिण के तारामंडल पर थी और उसे बीच में रोक दिया था। मैं होटल से बाहर, अपने कमरे की चाभी रिसेप्शन पर दिये बिना निकल गया था, वहाँ पर कोई नहीं था। मैं एक सिगरेट का पैकेट ख़रीदना चाहता था। एक इकलौती दुकान जो अभी भी खुली होती, वह त्रोकादेरो चौक पर थी।

प्लेटफ़ॉर्म से, मैं सीढ़ियाँ चढ़ा और उस छोटे से स्टेशन को पार करने के बाद, मुझे लगा जैसे मैंने ला क्लोज़री वाले तोते को सुना जो अपनी दबी आवाज़ में दोहरा रहा था : "हल्के नीले रंग की फ़िएट, हल्के नीले रंग की फ़िएट।" शीशे के पीछे अभी भी रोशनी थी। उनका ताश का खेल चल रहा होगा। मुझे आश्चर्य हुआ कि जाड़े की रात के हिसाब से हवा इतनी गर्म थी। पिछले दिनों में, बर्फ़ गिरी थी और अभी नीचे के बाग़ों में, मानव संग्रहालय के आगे, हिमकण बिछे हुए हों।

जब मैं सिगरेट ख़रीद रहा था, सैलानियों का एक झुण्ड अहाते में लगी मेज़ों पर बैठ गया। मुझे उनकी हँसी के ठहाके सुनाई दे रहे थे। मैं आश्चर्यचकित था कि मेज़ें बाहर लगाई हुई थीं, एक पल के लिए, मुझे चक्कर जैसा आया। मैंने सोचा कि कहीं मैं ऋतुओं में गड़बड़ा तो नहीं रहा हूँ। लेकिन नहीं, चौक पर पेड़ों ने सच में अपने पत्ते गँवा दिए थे और अभी भी ग्रीष्म के आगमन के लिए बहुत लम्बा इंतज़ार बाकी था। मैं इतने महीनों तक ऐसी सर्दी और ऐसे कोहरे में चला था कि मैं अब नहीं जानता था कि यह परदा एक दिन हट पाएगा भी या नहीं। क्या वाकई यह चाहना ज़िन्दगी से बहुत ज़्यादा उम्मीद थी, कि संतरे का जूस पीते हुए धूप सेंकते रहें?

मैं थोड़ी देर तक वहीं ठहरा रहा, खुले मैदान की हवा में साँस लेने के लिए। मैंने उस रात वाले कुत्ते के बारे में सोचा, वही जो इतनी दूर से मेरे साथ

होने के लिए आया था, इन सारे बीते बरसों को पार करके...कितनी बेवकूफ़ी की थी मैंने वह टेलीफ़ोन नम्बर याद नहीं रख कर...

मैं वीनज़ मार्ग पर निकल गया, उसी रात की तरह। यह रास्ता अभी भी अंधकारमय था। शायद वहाँ पर बिजली में कोई गड़बड़ी थी। मुझे उस बार या रेस्तराँ की तख़्ती चमकती हुई नज़र आ रही थी, लेकिन रोशनी इतनी कमज़ोर थी कि पता ही नहीं चल पा रहा था कि सड़क के मोड़ पर एक गाड़ी खड़ी थी, दूर से एक काला ढेर दिख रहा था बस। जब मैं वहाँ पहुँचा, मेरे दिल में हूक-सी उठी। मैं वह हल्के नीले रंग की फ़िएट पहचान गया। वास्तव में यह कोई आश्चर्य नहीं था, उसके मिल जाने की उम्मीद मैंने कभी छोड़ी नहीं थी। धैर्य की ज़रूरत थी, बस, और मुझे महसूस हो रहा था जैसे मेरे अन्दर धैर्य का सागर था। चाहे बर्फ़ गिरे, चाहे पानी बरसे, मैं रास्ते में घंटों इंतज़ार करने के लिए तैयार था।

बम्पर और एक चक्के का ढक्कन क्षतिग्रस्त था। पेरिस में बेशक बहुत सारी हल्के नीले रंग की गाड़ियाँ होंगी, लेकिन इस वाली पर हादसे के अच्छे-ख़ासे निशान थे। मैंने अपनी जैकेट की जेब से अपना पासपोर्ट निकाला जिसमें वह काग़ज़ था जिस पर सोलियेर ने मुझसे दस्तख़त करवाये थे। हाँ, गाड़ी का रजिस्ट्रेशन नम्बर यही था।

मैंने अन्दर देखा। पीछे की सीट पर एक बड़ा बैग था। मैं विंडस्क्रीन और वाइपर के बीच में एक संदेश छोड़ सकता था, जिसमें मैं अपना नाम और होटल फ्रमिये का पता इंगित कर देता। लेकिन मैं तुरन्त अपने मन से यह बोझ उतारना चाहता था। गाड़ी रेस्तराँ के एकदम सामने खड़ी थी। फिर, मैंने उस लकड़ी के दरवाज़े को धकेला और अन्दर गया।

बार के पीछे दीवार पर, एक फानूस से रोशनी बरस रही थी और दोनों तरफ़ दीवार से सटी कुछ मेज़ें अंधकार में थीं। जबकि, मेरी स्मृति में बसी तस्वीर में, ये दीवारें लाल मखमल से जड़ी हुई थीं, जो घिसी हुई और यहाँ तक कि जगह-जगह फटी हुई भी थीं, मानो एक ज़माना पहले इस जगह ने समृद्धि का दौर देखा था, लेकिन अब वहाँ पर कोई भी नहीं आता था। सिवाय मेरे। इस

वक्त, मुझे लगा कि मैंने बार बन्द होने के समय के बाद प्रवेश किया था। एक औरत, बार के पास बैठी हुई थी और उसने गहरे भूरे रंग का ओवरकोट पहना हुआ था। एक युवक, जिसकी वेशभूषा और चेहरा-मोहरा घुड़सवार जैसा था, मेज़ें साफ़ कर रहा था। उसने मुझे गौर से देखा,

"आप कुछ लेंगे?"

कुछ कहता तो बहुत लम्बी-चौड़ी व्याख्या करनी पड़ती। मैं बार की तरफ़ बढ़ा, वहाँ रखी ऊँची तिपाइयों में से किसी पर बैठने की बजाय मैं उसके पीछे रुक गया। मैंने अपना हाथ उसके कंधे पर रखा। वह एकदम झटके से हड़बड़ा कर मुड़ी। वह हैरत भरी निगाहों से मुझे घूर रही थी। उसके माथे पर बड़ी-सी खरोंच थी, भवों के बिलकुल ऊपर।

"आप जाकलीन बोसेरजौं हैं?"

यह सवाल पूछते हुए मेरी आवाज़ में जो तटस्थता थी, उस पर मैं हैरान था, मुझको यह तक महसूस हुआ कि किसी और ने मुझे वश में किया हुआ था। वह ख़ामोशी से मुझे घूर रही थी। उसने अपनी नज़रें झुकायीं। वे मेरी जैकेट के धब्बे पर जाकर ठहर गईं, उसके बाद, और नीचे, मेरे जूते पर, जिसमें से पट्टी झलक रही थी।

" पिरामिड चौक पर हम लोग पहले ही एक-दूसरे से मिल चुके हैं..."

मेरी आवाज़ अब और ज़्यादा साफ़ और ज़्यादा तटस्थ लग रही थी। मैं उसके पीछे खड़ा था।

"हाँ...हाँ...मुझे वह बहुत अच्छी तरह से याद है...पिरामिड चौक..."

और बग़ैर मुझ पर से नज़रें हटाए, वह मुझे मुस्कुराते हुए देख रही थी, एक तिरछी मुस्कान, वैसी ही जैसी उस रात थी, पुलिस वैन में।

"हम लोग अगर बैठ पाते तो..."

उसने मुझको बार के एकदम नज़दीक वाली मेज़ की ओर इशारा किया जिस पर सफ़ेद मेज़पोश भी बिछा हुआ था। उसने अपना गिलास मेज़ पर रख

दिया। मैं सोच रहा था कि उस गिलास में किस किस्म की शराब होगी।

"आपको कुछ पीना चाहिए," उसने मुझसे कहा। "एक टॉनिक...आप बहुत कमज़ोर हैं..."

उसने यह बात बेहद गंभीरता से कही थी, बल्कि एक तरह से प्यार भरी संजीदगी से जो अब तक किसी ने मुझे महसूस नहीं करवाई थी। उसकी वजह से मैं परेशान हो गया।

"एक मार्गरीटा ले लीजिए मेरी तरह..."

बैरा मेरे लिए एक मार्गरीटा ले आया फिर वह बार के पीछे, शीशे के एक दरवाज़े से ग़ायब हो गया।

"मुझे मालूम नहीं था कि क्लिनिक से आपकी छुट्टी हो गई थी," उसने मुझसे कहा। "मैं पेरिस में कई हफ़्तों तक नहीं थी...मेरा इरादा तो था कि आपकी खोज-ख़बर लूँ..."

मुझे लगता है, मुझे लगता है कि इस जगह, जहाँ पर हम आमने-सामने बैठे हों। वहाँ यूँ ही अँधेरे में दशक-दर-दशक गुज़र चुके हों। वहाँ पहले से अंधेरा था। हम लोग अंधकार में थे मानो किसी नेत्र-विशेषज्ञ के कक्ष में हों जो क्रमशः आपकी आँखों के आगे विभिन्न तीव्रता के काँच लगाता जाता है, ताकि अंततः आप चमकते पटल पर लिखे अक्षर सही पढ़ सकें।

"आपको क्लिनिक में और ज़्यादा दिन रहना चाहिए था...आप भाग गए?"

वही तिरछी मुस्कान। और ज़्यादा दिन? मैं समझ नहीं रहा था। स्क्रीन पर अक्षर और ज़्यादा धुँधले हो गए थे।

"उन्होंने मुझसे जाने के लिए कहा," मैंने उसे बताया। "कोई मुँस्युर सोलियेर मुझे लेने आए थे," वह आश्चर्यचकित लग रही थी। उसने कंधे उचकाये।

"उसने मुझे यह बात नहीं बताई...मेरे ख़याल से वह आपसे डरता था।"

''डर, और मुझसे? मैंने कभी कल्पना तक नहीं की कि मैं किसी को डरा भी सकता हूँ...''

''आप उसे कुछ अजीब लगे...उसे आप जैसे लोगों की आदत नहीं है...''

वह शर्मिन्दा लग रही थी। मैं उससे पूछने की जुर्रत नहीं कर पा रहा था कि इस सोलियेर की नज़रों में दरअसल मेरी क्या चीज़ निराली थी।

''मैं आपसे मिलने के लिए दो-तीन बार क्लिनिक आई थी...बदकिस्मती से, हमेशा जब आप सो रहे होते थे तभी...''

मुझे उन्होंने जानकारी नहीं दी थी कि मुझसे भेंट करने के लिए कोई आया था। अचानक, मन में संदेह उठा।

''क्या मैं इस क्लिनिक में बहुत दिन तक रहा?''

''तकरीबन दस दिन। यह मुँस्यर सोलियेर का सुझाव था कि आपको वहाँ ले जाया जाए। जिस अवस्था में आप थे, उसमें वे लोग आपको सरकारी अस्पताल में नहीं रख सकते थे।''

''उस वक्त?''

''उनका मानना था कि आपने नशीले पदार्थों का सेवन किया था।''

उसने ये आख़िरी दो शब्द बहुत ज़ोर देकर कहे थे। मुझे लगता है कि मैंने कभी किसी को ख़ुद से इतने शांत भाव से बात करते नहीं देखा। उसे सुनना उतना ही सुकूनदायक था जितना *ले मेरवेयी सेलेस्त* को पढ़ना। मैं उस खरोंच से निगाह नहीं हटा रहा था जो उसके माथे पर खिंची हुई थी, भवों के बिलकुल ऊपर। उसकी हल्के रंग की आँखें, कंधों तक उसके हल्के भूरे बाल, ओवरकोट का कॉलर मुड़ा हुआ...इतनी देर रात और हमारे इर्द-गिर्द छाये अंधेरे की वजह से, मुझे वह वैसी ही लग रही थी जैसी वह उस रात पुलिस वैन में थी।

भवों के ऊपर खरोंच पर उसने अपनी तर्जनी फेरी और उसके चेहरे पर एक बार फिर वही व्यंग्यभरी मुस्कान तैर गई।

''पहली मुलाकात के लिए यह ज़रा क्रूर था।''

वह सीधे मेरी आँखों में देख रही थी, ख़ामोशी से, मानो वह मेरा मन पढ़ना चाह रही थी—और यह तवज्जो, मुझे कभी किसी में देखने को नहीं मिली थी।

''मुझे महसूस हुआ कि आप जानबूझकर ग़लत समय पर, पिरामिड चौक पार कर रहे थे...''

मेरा ऐसा मानना नहीं था। मैं हमेशा बचता था कि मुझे चक्कर न आ जाए। मैं कभी भी किसी पुल के ऊपर से या किसी खिड़की से शून्य में छलाँग नहीं लगाता। या किसी गाड़ी के नीचे भी नहीं आता जैसा कि वह माने बैठी थी। मेरे लिए, अंतिम पलों में, जीवन हमेशा सबसे ज़्यादा महत्त्वपूर्ण था।

''मुझे नहीं लगता कि आप अपनी सामान्य मन:स्थिति में थे...''

उसने फिर से मेरी जैकेट और बाएँ पैर में, मेरे फटे मोकासाँ पर नज़र डाली। मैंने पट्टी अच्छी तरह बाँधने की भरसक कोशिश की थी, और तब भी मेरी छवि बहुत मोहक नहीं होगी। मैंने स्वयं को इस हालत में प्रस्तुत करने के लिए माफ़ी माँगी। हाँ, मुझे बहुत जल्दी मची हुई थी कि मैं फिर से इंसानों की तरह दिखूँ।

उसने मुझसे धीमी आवाज़ में कहा—

''आपको बस अपनी जैकेट बदलने की ज़रूरत है। और शायद जूते भी।''

मेरा हौसला बढ़ता जा रहा था। मैंने उसके सामने कबूल किया कि इन पिछले हफ़्तों में मैं उसे ढूँढने की कोशिश करता रहा था। सिर्फ़ सड़क के नाम से, बग़ैर नम्बर के, यह करना आसान नहीं था। इसलिए, हल्के नीले रंग की फ़िएट की खोज मैंने मुहल्ले में चारों तरफ़ की थी।

''हल्का नीला?''

इस विशेषण के प्रयोग से उसका कौतूहल जागा, लेकिन सोलियेर ने जिस

रिपोर्ट पर मुझसे दस्तख़त करवाये थे, उस पर यह साफ़ अक्षरों में लिखा था। ''रिपोर्ट?'' उसे जानकारी नहीं थी। मैं उसे हमेशा अपनी जैकेट की अन्दर वाली जेब में रखता था और मैंने उसको वह रिपोर्ट दिखाई। उसे पढ़ते हुए उसकी भवें सिकुड़ीं।

''मुझे आश्चर्य नहीं हुआ...वह हमेशा से संदिग्ध रहा है।''

''उसने मुझे अच्छे-ख़ासे पैसे भी दिये थे...''

''वह एक दरियादिल आदमी है,'' उसने मुझसे कहा।

मुझे जानने की इच्छा थी कि आख़िर उसके और इस सोलियेर के बीच क्या सम्बन्ध है?''

''आप आल्बोनी चौक पर रहती हैं?''

''नहीं। यह मुँस्युर सोलियेर के बहुत सारे दफ़्तरों में से एक है।''

हर बार, वह यह नाम ज़रा आदर भाव से ले रही थी।

''और आल्बेर्र-द-मँ एवेन्यू?''

मेरे लिए बेहद शर्मिन्दगी की बात थी कि मैं किसी हवलदार की तरह लग रहा था, जो किसी संदिग्ध व्यक्ति को व्याकुल करने के लिए, उस पर ऐसा सवाल दाग़ दे जिसकी उसने उम्मीद भी न की हो।

''वह भी सोलियेर के कई फ़्लैटों में से एक है।''

वह ज़रा भी विचलित नहीं हुई थी।

''आपको यह पता कैसे मालूम है?''

मैंने उसे बताया कि मैं इस सोलियेर से मिला था, एक दिन, एक कॉफ़ी हाउस में और उसने मुझको नहीं पहचानने का नाटक किया था।

''वह बहुत शक्की है, जानते हैं...उसको हमेशा ऐसा लगता है कि लोग उसे नापसन्द करते हैं...उसके बहुत सारे वकील हैं...''

''वह आपका बॉस है?''

बोलते ही मुझे यह सवाल पूछने का अफ़सोस हुआ।

''मैं उसके लिए दो सालों से काम कर रही हूँ।''

उसने शांत स्वर में उत्तर दिया, मानो यह कोई सामान्य-सी बात थी। और वह तो थी ही। क्यों वहाँ कोई रहस्य ढूँढा जाए, जहाँ कुछ है ही नहीं।

''उस रात, पिरामिड चौक पर होटल रेजीना में मुझे मुँस्युर सोलियेर से ही मिलना था...और तब, जिस वक्त मैं आ रही थी, हमारी...दुर्घटना हो गई...''

वह इस शब्द पर ठिठकी थी। वह मेरा दायाँ हाथ देख रही थी। जब गाड़ी ने मुझे धक्का दिया था, मेरा यह हाथ छिल गया था। लेकिन खरोंच लगभग ठीक हो चली थी। उस पर मैंने कभी पट्टी नहीं लगाई थी।

''अच्छा अगर मैं सही समझ रहा हूँ, मुँस्युर सोलियेर ठीक वक्त पर पहुँचे?''

वह हमारी तरफ़ चल कर आ रहा था, उस रात, धीमे कदमों से, अपने गहरे रंग के ओवरकोट में। मैं याद कर रहा था कि उसने अपने होंठों के कोने में सिगरेट दबा रखी थी कि नहीं। और इस लड़की की मुलाकात उसके साथ होटल के हॉल में तय थी...मैं भी, मेरी अपने पिता के साथ मुलाकातें ऐसे होटलों के हॉल में हुआ करती थीं जो सारे-के-सारे एक जैसे लगते थे जहाँ संगमरमर, झाड़-फानूस, लकड़ी के नक्काशीदार फ़र्नीचर और सोफ़े सब कुछ नकली होता है। हमारी स्थिति यहाँ वैसी ही अनिश्चित-सी थी जैसे किसी स्टेशन के मुसाफ़िरख़ाने में दो ट्रेनों के बीच, या किसी पुलिस चौकी पर पूछताछ से पहले।

''लगता तो नहीं कि वह कोई साधु-संत है,'' मैंने उससे कहा।

''कौन?''

''सोलियेर।''

पहली बार, वह सचमुच में परेशान लगी।

"वह काम क्या करता है?"

"व्यापार।"

उसने सिर झुका लिया था, जैसे कि इस जवाब से मेरे क्षुब्ध हो जाने का डर था।

"और आप उसकी सेक्रेटरी हैं?"

"अगर आप ऐसा समझें...लेकिन कुछ हद तक, अंशकालिक..."

वहाँ, दीवार के फानूस की रोशनी में, वह मुझको पुलिस वैन की अपेक्षा कम उम्र की लग रही थी। निस्संदेह यह फ़रवाला ओवरकोट था, जिससे वह उस रात उम्रदराज़ लग रही थी। और चाहे जो हो, दुर्घटना के बाद, मैं अपने होशोहवास में नहीं था। उस रात को मुझे लगा था कि उसके बाल सुनहरे थे।

"और यह काम बहुत ज़्यादा जटिल नहीं है?"

मैं वाकई सब कुछ जानना चाहता था। वक्त हाथ से निकलता जा रहा था। इस समय पर, वे रेस्तराँ बन्द करने वाले थे।

"जब मैं पेरिस आई, तब मैंने नर्सिंग की पढ़ाई की," उसने मुझसे कहा। और वह और ज़्यादा जल्दी-जल्दी बात कर रही थी, मानो उसे मुझे सब कुछ बताने की उतावली थी। "और फिर, मैंने काम किया...नर्स की तरह, लोगों के घर पर...मैं मुँस्यर सोलियेर से मिली..."

अब मैं सुन नहीं रहा था। मैंने उससे उसकी उम्र पूछी। छब्बीस साल। सो वह मुझसे कुछ साल बड़ी थी। लेकिन यह असंभव था कि यह वही फ़ोसोम्ब्रोन्न-ला-फ़ोरे वाली औरत हो। मैंने उस स्त्री या उस लड़की का चेहरा याद करने की कोशिश की, जब वह उस छोटे से ट्रक में चढ़ी थी और मेरा हाथ पकड़ा था।

"बचपन में, मेरे साथ एक दुर्घटना हुई थी, जो उस रात से मिलती-जुलती थी। स्कूल से बाहर निकलने पर..."

और, जैसे–जैसे मैं उसे यह बताता जा रहा था, मैं भी बहुत जल्दी–जल्दी बोलता जा रहा था, शब्द गड्ड–मड्ड हो रहे थे, हम दो जन थे, जिन्हें एक कारावास के बैठकख़ाने में एक–दूसरे की मौजूदगी में कुछ पलों के लिए रख दिया गया था और जिन्हें आपस में सारी बातें कह लेने का वक्त नहीं मिलेगा।

''मुझे लगा कि वह ट्रक वाली लड़की आप ही थीं...'' वह खिलखिला कर हँस पड़ी।

''मगर यह नहीं हो सकता...उस समय, मैं बारह साल की थी...''

मेरी ज़िन्दगी का एक प्रसंग, किसी का चेहरा जिसने निस्संदेह मुझे प्यार किया था, एक घर, यह सब कुछ हमेशा के लिए विस्मृति और अज्ञात में विलीन हो गया।

''एक जगह जिसका नाम फ़ोसोम्ब्रोन्न–ला–फ़ोरे था...एक डॉक्टर दीव्आर...'' मुझे लगा जैसे मैंने यह मद्धिम स्वर में कहा, ख़ुद के लिए।

''मैं इस नाम से परिचित हूँ,'' उसने मुझसे कहा। यह सोलोन्य में है। मेरा जन्म इसी प्रान्त में हुआ है।''

मैंने अपनी जैकेट की जेब से ल्वार–ए–शेर का मिशेलाँ नक्शा निकाला, जिसे मैं कई दिनों से अपने पास रखता था। मेज़ पर मैंने उसकी तहें खोलीं। वह बेचैन लग रही थी।

''आपका जन्म कहाँ हुआ?'' मैंने उससे पूछा।

''वेरसान्न में।''

मैं नक्शे पर झुक गया। दीवार पर लगी फ़ानूस की रोशनी इतनी तेज़ नहीं थी कि मैं इन सारे गाँवों के नाम, जो इतने महीन अक्षरों में लिखे थे, पढ़ पाता। उसने भी सिर झुकाया। हमारे मस्तक लगभग छू रहे थे।

''ब्लआ खोजने की कोशिश कीजिए,'' उसने मुझसे कहा। ''ज़रा–सा दाहिनी तरफ़, आप शौम्बोर्र देखेंगे। और नीचे, बूलोन्य के जंगल हैं। और ब्रासीय...और दाहिने, ला वेरसान्न...'' जंगल को हरे धब्बे से इंगित किया गया

था, इसलिए जगह ढूँढना आसान हो गया। ''ये रहा, मुझे ला वेरसान्न मिल गया।''

''आपके ख़याल से यह फ़ोसोम्ब्रोन्न-ला-फ़ोरे से दूर है?''

''तकरीबन बीस किलोमीटर...''

पहली बार जब मैंने उसे नक्शे में खोजा था, तभी मुझको फ़ोसोम्ब्रोन्न-ला-फ़ोरे का नाम लाल स्याही से रेखांकित कर लेना चाहिए था, मैंने उसे खो दिया था।

''वह मीलांसे के रास्ते में है...,'' उसने मुझसे कहा।

मैं मीलांसे का रास्ता ढूँढ रहा था। आख़िर में, मैं सारे गाँवों के नाम पढ़ पा रहा था : फ़ौन्तेन-औं-सोलोन्य, मोंजीरों, मार्शेवाल...

''अगर आपके लिए यह बहुत मायने रखता है, तो किसी दिन, मैं आपको वह प्रान्त घुमाने लेकर चल सकती हूँ,'' उलझन भरी नज़रें मुझ पर टिकाये उसने मुझसे कहा।

मैं फिर से नक्शे पर झुका।

''फिर भी उस रास्ते का पता लगाना पड़ेगा जो ला वेस्सान्न से फ़ोसोम्ब्रोन्न-ला-फ़ोरे तक जाता है।''

मैं फिर से प्रान्तीय रास्तों के जाल में डूब गया। मैं अटकल से गाँव-दर-गाँव पार कर रहा था : ल प्लेस्सी, त्रेफ़ौन्तेन, ब्वाज़ारदैयेर, ला वीयोर्न...एक सर्पीली सड़क के अंत पर मैंने पढ़ा, ''फ़ोसोम्ब्रोन्न-ला-फ़ोरे।''

''और अगर हम आज रात ही चल पड़ते?''

उसने एक क्षण को सोचा, जैसे कि मेरा सुझाव उसे स्वाभाविक लग रहा था।

''आज की रात नहीं। मैं बहुत ज़्यादा थकी हुई हूँ...''

मैंने उससे कहा कि मैं मज़ाक कर रहा था, लेकिन मुझे ख़ुद ही अपनी बात पर यकीन नहीं था। पल्ली-टोले, जंगल तथा तालाबों के इन सारे नामों पर

से मैं अपनी निगाह नहीं हटा पा रहा था। मैं इस परिवेश में पूरी तरह घुल-मिल जाना पसन्द करता। पहले से ही, उस दौर में, मेरा यह मानना था कि बिना ज़मीन का आदमी निहत्था है। एक किस्म की अपंगता। मुझे बहुत कच्ची उम्र में, पेरिस में, यह भान हो गया था, जब मेरे कुत्ते की मौत हुई थी और मुझे समझ में नहीं आ रहा था कि उसे कहाँ दफ़नाऊँ। कोई खुला घास का मैदान नहीं। कोई गाँव नहीं। कोई ज़मीन नहीं। न ही कोई बगिया। मैंने नक्शे को तह किया और उसे अपनी जेब में घुसेड़ लिया।

''आप सोलियेर के साथ रहती हैं?''

''बिलकुल नहीं। बस मैं उसके दफ़्तरों और उसके फ़्लैट की देखभाल करती हूँ, जब वह पेरिस से बाहर होता है। वह अपने व्यापार के संबंध में बहुत यात्राएँ करता है...''

अजीब था, मेरे पिता भी अपने व्यापार के लिए बहुत सफ़र करते थे, और चाहे वे मुझे मिलने के लिए इन होटलों के हॉल में और कॉफ़ी हाउस में बुलाया करते थे, मैं समझ नहीं पाया था कि वह कैसा व्यापार था। वैसा ही जैसा सोलियेर का था?

''आप यहाँ अक्सर आती हैं?'' मैंने उससे पूछा।

''नहीं...अक्सर नहीं...इस मुहल्ले में यह अकेली जगह है जो रात को इतनी देर तक खुली रहती है...''

मैंने उसे ध्यान दिलाया कि वहाँ ज़्यादा ग्राहक नहीं थे, लेकिन, उसके मुताबिक, वे रात में और देर से आते हैं। ''अजीब किस्म के लोग,'' उसने कहा। हालाँकि मेरी स्मृति में, यह जगह आबाद नहीं थी। मुझे ऐसा भी महसूस हुआ कि वह और मैं, उस रात को, वहाँ पर दरवाज़ा तोड़ कर ज़बरदस्ती घुस गए थे। हम वहाँ पर, आमने-सामने थे, और मुझे मद्धिम संगीत सुनाई दे रहा था, जिस पर लोग नाचते हैं और छद्म ख़ुशी के कुछ पल जीते हैं।

''आपको नहीं लगता कि हमारी पहली निष्ठुर मुलाकात के बाद हम

लोगों को कायदे से जान-पहचान करनी चाहिए?''

उसने बहुत मधुर स्वर में यह बात कही थी, लेकिन शब्दों को बोलने का उसका ढंग संतुलित और सधा हुआ था। मैंने कहीं पढ़ा था कि तूरेन प्रदेश में ही सबसे शुद्ध फ्रेंच बोली जाती है। मगर, उसे बोलते हुए सुन कर, मैं सोचने लगा कि कहीं यह धारणा सोलोन्य के बारे में तो नहीं, ला वेरसान्न और फ़ोसोम्ब्रोन्न-ला-फ़ोरे की तरफ़ उसने मेरे हाथ पर अपना हाथ रख दिया था, मेरा बायाँ हाथ जिसका घाव भर चला था, जिसकी मुझे मरहमपट्टी नहीं करनी पड़ी थी।

~

सड़क पर, कोहरे की चादर फट चुकी थी। चाँदनी में गाड़ी चमक रही थी। मैंने सोचा कि यह कोई भ्रम या उस शराब का असर तो नहीं था जो मैंने पी रखी थी। मैं कहीं सपना तो नहीं देख रहा, इसकी पुष्टि करने के लिए मैंने गाड़ी के बोनट पर थपकी दी।

''एक दिन, मुझे इन सबकी मरम्मत करवानी पड़ेगी,'' उसने टूटी-फूटी विंडस्क्रीन और गाड़ी के दरवाज़े की ओर इशारा करते हुए कहा।

मैंने उसके सामने स्वीकार किया कि एक गैराज से ही मुझे पता चला था कि इस गाड़ी के मिलने के आसार कहाँ हो सकते हैं।

''आपने बेकार में ही ख़ुद को इतना कष्ट दिया,'' उसने मुझसे कहा। ''तीन हफ़्ते से वह मेरे घर के आगे खड़ी थी...मैं ज़िला चौदह में 2 नम्बर, लेयों गीय्यो चौक पर रहती हूँ...''

इसका मतलब हम लोग एक-दूसरे से ज़्यादा दूर नहीं रहते थे। पौर्त्त द'औरलेयों। पौर्त्त द वाँव। अगर किस्मत मेरा थोड़ा-सा साथ देती, तो हमारी मुलाकात वहाँ हो गई होती। इससे चीज़ें सरल हो जातीं। हम दोनों एक ही दुनिया के हैं।

मैं बोनट पर बैठ गया।

"और अभी अगर आप पंद्रहवें ज़िले में वापस जा रही हैं तो बड़ी मेहरबानी होगी कि मुझे मेरे घर तक छोड़ दें..."

लेकिन नहीं। उसने मुझे बताया कि उस रात, उसे आल्बेर्-द-मँ स्थित सोलियेर के फ़्लैट में सोना था और कुछ दिनों तक वहीं रहना था ताकि उसकी अनुपस्थिति में घर सूना न रहे। सोलियेर, वह जेनेवा और मड्रीड की व्यापारिक यात्रा पर था।

"अगर मैं सही समझ रहा हूँ, आपका चौकीदार का काम है?"

"अगर आप ऐसा समझना चाहें।"

उसने गाड़ी का दायाँ दरवाज़ा खोला ताकि मैं बैठ जाऊँ। इन गुज़रे हुए दिनों और रातों के बाद, जो मैंने मुहल्ले में भटकते हुए बिताये थे, यह मुझे स्वाभाविक लग रहा था। मुझे इस बात तक का दृढ़ विश्वास था कि ये लम्हा मैंने ख़्वाब में जिया था।

अचानक बहुत ज़्यादा ठंड होने लगी थी, सूखी ठंड जो हमारे चारों तरफ़ हर चीज़ को एक चमक और निर्मलता प्रदान कर रही थी : स्ट्रीट लाइट की दूधिया रोशनी, लाल बत्ती, इमारतों का नया चेहरा। सन्नाटे में, मुझे लगा कि जैसे किसी के करीब आते कदमों की आवाज़ सुनाई दे रही है।

उसने मेरी कलाई कस के पकड़ी, जैसे उस रात पुलिस वैन में पकड़ी थी।

त्रोकादेरो चौक चाँदनी की वजह से कुछ ज़्यादा ही फैला हुआ और सुनसान लग रहा था। हम उसे पार कर रहे थे और यह मंदगति मुझमें एक सुखद अनुभूति जगा रही थी। मुझे यकीन था कि अगर मैं उन अंधेरी खिड़कियों को देखूँ तो मैं उन फ़्लैटों के अंधकार को चीर लूँगा। लेकिन मुझे यह ज़हमत उठाने की ज़रूरत नहीं थी। बस ख़ुद को उस ढलान पर फिसल जाने देना काफ़ी था, जिस पर उस रात मैं उस कुत्ते के साथ चढ़ा था।

"मैंने आपसे मिलने की कोशिश की थी, लेकिन क्लिनिक में, उनके पास

आपका पता नहीं था...पेरिस बड़ा शहर है...बहुत एहतियात की ज़रूरत है... हमारे जैसे लोग आख़िरकार गुम हो जाते हैं..."

शाइयो महल के बाद, वह दाहिने मुड़ी और हम भीमकाय इमारतों के किनारे से गुज़रे जो उजड़ी हुई लग रही थीं। अब मुझे यह भी मालूम नहीं था कि मैं किस शहर में था, एक शहर जिसके बाशिन्दे उसे अभी-अभी ख़ाली कर गये थे, लेकिन उसका कोई महत्त्व नहीं था। अब मैं इस दुनिया में अकेला नहीं था। यहाँ ढाल ज़्यादा खड़ी थी और सेन नदी तक जा रही थी। मैं आल्बेर्र-द-मँ एवेन्यू, एक्वेरियम के चारों ओर का बाग़ और इमारतों का सफ़ेद अग्रभाग पहचान गया। उसने गाड़ी बड़े फाटक के आगे खड़ी कर दी।

"आपको फ़्लैट देखने के लिए आना चाहिए...आख़िरी मंज़िल पर है...एक बड़ी-सी छत है और समूचे पेरिस का दृश्य नज़र आता है।"

"और अगर सोलियेर अचानक बिन बताये वापस आ जाए तो?"

हर बार जब मैं इस पिशाच का नाम लेता था, मेरा हँसने का मन करता था। मेरी स्मृति में सिर्फ़ पुलिस वैन में, उसके बाद क्लिनिक के हॉल में और घाट वाले कॉफ़ी हाउस में उस गहरे रंग के ओवरकोट में एक आदमी था। क्या उसके बारे में कुछ और जानने की ज़रूरत थी? मेरा सहजज्ञान ये कहता था कि वह मेरे पिता और उनके संगी-साथी, जिन्हें मैंने उस दौर में देखा था, उन्हीं की नस्ल का था। ऐसे लोगों के बारे में कुछ भी पता नहीं चलता है। पुलिस की रिपोर्ट देखनी पड़ेगी जो उनके संबंध में दर्ज की गई थी, मगर ये लिखित रिपोर्ट ऐसी भाषा में होती है कि उनमें आपस में ही विरोधाभास होता है। क्या फ़ायदा? कुछ समय से, मेरे बिचारे दिमाग में इतनी सारी चीज़ें गड्ड-मड्ड हो रही थीं और यह हादसा मेरे लिए ऐसी घटना रही...

"इस बात से नहीं डरिये। उसके तुरन्त वापस आने का ख़तरा नहीं है। और अगर वह आ भी जाए तो वह ख़राब आदमी नहीं है, जानते हैं आप..."

वह फिर से खिलखिला कर हँसी।

"वह यहाँ पर लम्बे समय से रहता है?"

"मैं आपको सही-सही जवाब नहीं दे सकती।"

उसे देखकर लगा कि वह प्यार से मेरा मज़ाक उड़ा रही थी। मैंने उसे ध्यान दिलाया कि आल्बेर्-द-मँ एवेन्यू के पते पर, उसका नाम डाइरेक्टरी में नहीं था।

"पागलपन है।" उसने मुझसे कहा, "हकीकत जानने के लिए आपने ख़ुद को कितनी तकलीफ़ दी...सबसे पहले, उसका वास्तव में नाम सोलियेर नहीं है। ये वो नाम है जो वह रोज़मर्रे के जीवन में चलाता है..."

"और आपको उसका असली नाम मालूम है?"

"मोराओस्की।"

इस नाम की ध्वन्यात्मकता जानी-पहचानी थी, बिना ठीक से जाने हुए कि क्यों। शायद वह मेरे पिता की पतों वाली डायरी में था।

"और मोराओस्की के नाम से भी आपको डाइरेक्टरी में कुछ नहीं मिलेगा। आपके ख़याल से इसका क्या वाकई कोई महत्त्व है?"

वह सही थी। अब डाइरेक्टरी में इतनी छानबीन करने की मेरी इच्छा नहीं थी।

~

मुझे याद है कि हम लोग एक्वेरियम के चारों तरफ़ वाले बाग की पगडंडी पर कुछ कदम चले। मुझको ज़रूरत थी, खुली हवा में साँस लेने की। आम तौर पर, मैं एक तरह के दमघोंटू वातावरण में रहता था—या यूँ कहें कि मेरी आदत पड़ गई थी, थोड़ी-थोड़ी साँस लेने की जैसे ऑक्सीजन की किफ़ायत करना ज़रूरी था। ख़ास तौर पर, उस घबराहट से बचने की ज़रूरत थी, जो आप पर उस वक्त हावी हो जाती है जब आपको दम घुटने का डर होता है।

नहीं, लेकिन, उस रात, बाग में, एक लम्बे अरसे के बाद मैं पहली बार गहरी साँसें ले रहा था, फ़ोसोम्ब्रोन्न–ला–फ़ोरे के बाद से, मेरी जिन्दगी का वह दौर जिसको मैं भूल चुका था।

हम एक्वेरियम के सामने पहुँच गए थे। अंधेरे में यह भवन मुश्किल से दिख रहा था। मैंने उससे पूछा कि वह उसमें घूमने गई थी या नहीं। उसने कहा, ''कभी नहीं।''

''तब मैं आपको इसमें अपने साथ लेकर चलूँगा एक दिन...''

ऐसे मंसूबे बनाना सुखद था। उसने मेरी बाँह थाम ली थी और मैं कल्पना कर रहा था, हमारे नज़दीक, अंधकार और ख़ामोशी में, काँच के पीछे वे सारी रंग–बिरंगी घूमती मछलियाँ। मेरे पैर में दर्द था और मैं ज़रा–सा लंगड़ा रहा था। लेकिन वह भी, उसके माथे पर भी उसकी चोट का निशान था। मैं सोच रहा था कि हम किस भविष्य की ओर बढ़ रहे थे। मुझको एहसास हुआ कि हम लोग पहले भी कभी एक साथ चले हैं, इसी जगह पर, इसी घड़ी में, किसी और ज़माने में। अब मुझको ठीक से यह भी मालूम नहीं था कि इन पगडंडियों के किनारे, मैं कहाँ पर था। हम लोग करीब–करीब पहाड़ी के शिखर तक पहुँच गए थे। हमारे ऊपर, शाइयो महल का अंधेरे में डूबा एक हिस्सा था। या कि शीतकालीन खेलों के एक पहाड़ी शहर का एक बड़ा होटल। मैंने कभी इतनी ठंडी और इतनी सुहानी हवा में साँस नहीं ली थी। एक मखमली ठंडक मेरे फेफड़ों को भेद रही थी। हाँ, हम लोग ज़रूर पहाड़ पर थे, एकदम ऊँचाई पर।

''आपको ठंड नहीं लग रही है?'' उसने मुझसे पूछा। ''शायद हमें वापस लौटना चाहिए...''

वह अपने ओवरकोट का कॉलर कसे हुई थी। वापस कहाँ? मैं कुछ पलों के लिए झिझका। मगर हाँ, उस इमारत में, सड़क के किनारे जो सेन नदी की ओर उतरती थी। मैंने उससे पूछा कि क्या उसने वहाँ पर काफ़ी दिनों तक रहने का सोचा है। लगभग एक महीना।

''और मोराओस्की?''

"ओह...इस पूरे समय वह पेरिस से बाहर रहेगा..."

एक बार फिर, मुझे यह नाम परिचित लगा। क्या मैंने इसे अपने पिता के मुँह से सुना था? मुझे उस शख़्स का ख़याल आया, जिसने एक बार मुझको होटल पालिम में टेलीफ़ोन किया था और टेलीफ़ोन की खड़खड़ाहट की वजह से जिसकी आवाज़ अस्पष्ट थी। गी रूस्सोत्त। "आपके पिता के साथ हमारा एक दफ़्तर था," उसने मुझसे कहा था। रूस्सोत्त। मोराओस्की। उसका भी, ज़ाहिराना तौर पर एक दफ़्तर था। इन सभी लोगों का एक दफ़्तर था।

मैंने उससे पूछा कि वह इस मोराओस्की के साथ भला क्या करती होगी, जिसे लोग आम ज़िन्दगी में सोलियेर पुकारते थे।

"मैं इस बारे में और जानना चाहता हूँ। मुझे लग रहा है कि आप मुझसे कुछ छुपा रही हैं।"

वह ख़ामोश रही। फिर उसने तल्ख़ी से मुझसे कहा,

"बिलकुल नहीं, मेरे पास छिपाने के लिए कुछ नहीं है...तुम्हें जिसका अंदाज़ा भी नहीं है उससे कहीं ज़्यादा सीधी और सरल है ज़िन्दगी।

उसने पहली बार मुझे 'तुम' कहकर संबोधित किया था। वह मेरी बाँह कस के पकड़े हुए थी और हम एक्वेरियम वाले भवन के किनारे-किनारे चल रहे थे। हवा अभी तक उतनी ठंडी थी और उतनी ही हल्की। सड़क पार करने से पहले, मैं फ़ुटपाथ के छोर पर ठहर गया। इमारत के सामने खड़ी गाड़ी को मैं गौर से देख रहा था। उस रोज़ शाम को जब मैं यहाँ अकेला आया था, यह इमारत मुझे खाली पड़ी हुई लगी थी और सड़क सुनसान। मानो उस रास्ते से अब कोई नहीं गुज़रता था।

उसने फिर एक बार मुझसे कहा कि वहाँ ऊपर एक बड़ी-सी छत है और वहाँ से समूचे पेरिस का विहंगम दृश्य दिखता है। लिफ़्ट धीरे-धीरे ऊपर जा रही थी। उसका हाथ मेरे कंधे पर ठहर गया और वह मेरे कान में कुछ फुसफुसायी। बत्ती बुझ गई, अब हमारे ऊपर सिर्फ़ रात का चिराग टिमटिमा रहा था।

❑❑❑

नोबेल पुरस्कार से सम्मानित लेखक पाट्रिक मोदियानो का चर्चित उपन्यास

कहीं तुम भटक न जाओ

जाँ दारागान एकान्त-पसन्द लेखक है जो पेरिस के शोरोगुल से दूर शान्ति से अपना जीवन व्यतीत कर रहा है। उसके शान्तमय जीवन में ऐसी उथल-पुथल मच जाती है जब सितम्बर की एक दोपहर को ओतोलीनी नामक एक व्यक्ति का फ़ोन आता है। ओतोलीनी के हाथ आयी है जाँ दारागान की पुरानी नोटबुक, जिसमें एक विशेष व्यक्ति का नाम दर्ज है, जिसके बारे में ओतोलीनी पूछताछ करना चाहता है। लेकिन लाख कोशिश करने पर भी दारागान, ओतोलीनी को उस व्यक्ति के बारे में कुछ बता नहीं पाता लेकिन ओतोलीनी के लिए उस व्यक्ति को ढूँढना बहुत ज़रूरी है। दारागान उस व्यक्ति की तलाश में ओतोलीनी के साथ लग जाता है और वहीं से उसकी ज़िन्दगी में एक अलग मोड़ आता है। इस कहानी की अपनी ही एक रहस्यमय लय और ताल है, पाठक जैसे-जैसे इसे पढ़ता है वह इन पात्रों की ज़िन्दगी में डूबता जाता है।

प्रमुख स्थानीय व ऑनलाइन पुस्तक विक्रेताओं के यहाँ उपलब्ध या

इस वेबसाइट से मँगवाएँ

www.rajpalpublishing.com